KB110960

오래된 해석이 좋다

예술가 시선
23

오래된 해석이 좋다

강운자 시집

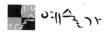

시인의 말

돈을 버는 것도 예술이고
일을 하는 것도 예술이고
성공적인 사업을 하는 것도 예술이다
- Andy Warhol -

시인의 말을 대신하여

2020년 봄날

목 차

시인의 말

1부

慈悲

창자가 밖으로 쏟아져 나와 있었다
파리 떼가 웽웽거리고
구더기가 썩어 가는 몸을 파먹고 있었다

그는 허리에 찬 수류탄을 꺼내 안전핀을 뽑았다
불발이었다
다시 하나를 더 뽑았지만 불발이었다

우리는 그를 도와주어야 한다고 생각했다
말이 통하지 않는 일본군한테 손짓으로
안전핀을 뽑고 6초 후면 터지니까
이것을 쓰면 어떻겠냐고 했더니
고개를 끄덕거렸다

그는 수류탄을 배 밑에 깔았고
우리는 더 깊은 밀림 속으로 들어가고 있었다

호모파베르*

먼지가 닦이게 하고 빗속을 달리게 하고 내리는 눈에 파묻혀 있지 않게 하던 와이퍼가 남김없이 사라졌다/ 창이 깨졌다 문짝이 이미 오래전에 떨어졌다 내부가 잡동사니로 채워지고 화물칸이 쓰레기 산을 만들 것이다

귀하께서 신고하신 방치 차량은 현재 예고 기간이 끝난 상태이며 강제 견인할 예정에 있습니다란 소리가 수화기로 들린다, 들리고/ 주택가에 무단 방치된 차량이 도시 미관을 저해하고 교통 장애 및 안전사고 위험이 다분하므로 현재 예고 기간이 끝난 상태이며 강제 견인될 예정입니다란 스티커가 무연 번호처럼 붙어있다

좁디좁은 오르막길을 오르락내리락하였을 당나귀, 치밀함과는 상관이 없는 골목길에서 고도의 치밀함으로 꾸물꾸물, 꾸물꾸물

* Homo faber. 도구의 인간

4월이다

아니었다/ 손이 아니었어요/ 발이 아니었다고/ 개나리가 피는 시절이다/ 날리는 벚꽃의 계절입니다/ 셔터 문이 올라갔네/ 피에로 풍선이 세워졌다/ 너는 관절 없이 춤을 춘다/ 너는 웃지 않아도 웃고 있다/ 너는 그렇게 눈 밑에 박힌 눈물 보석이 반짝인다

龜何龜何(거북아, 거북아) 首其現也(머리를 내어라) 燔灼而喫也(구워서 먹으리)
헌 집 줄게/ 새 집 다오/ 두껍아/ 거북아

구워 먹히지 않을 것이다

오리고기 집이 폐업되었다/ 한우 생고기 전문점에서 싱싱한 생간과 부드러운 천엽을 서비스로 제공한다/ 전셋돈 뽑아 개업을 했다지요

새 집 다오/ 새 집을 다오/ 두껍아 황금 두껍아

눈

지하철 손잡이를 잡고 서 있는데
이제 막 돌이 지났을 것 같은 아기가 쳐다본다
윙크를 하였더니
계속 쳐다본, 웃지도 않고

눈을 깜박거리지도 다른 곳으로 눈을 돌리지도 않는다
아기의 얼굴이, 누구를 닮은 것도 같은데
내가 먼저 눈을 돌렸다

다시 봐도 나를 보고 있다

코브라에 쫓기는 도마뱀처럼
지하철을 에스컬레이터를
몸 전체가 발이 되어 달아나는 나를

후예

커튼을 쳐달라고 주문하지 않습니다(창이 가려졌다, 나
의 손이 그러했다) 불을 사용하지 않았고 가정용 가스 불
에 주방 그릇을 올리지 아니하며 음식을 조리하지 않았고
스펀지케이크를 입에 물고 있습니다
　　침이 닿는 순간 녹아버리는 것을 계속 물고 있는 거짓
같은 참의 존재

　　(의사가 차트를 보더니 턱과 위가 무엇을 해야 하는지
를 잊어버렸으므로 몸이 기억을 되살려야 한다고 했다)
　　입을 용기 대용으로 대신한 적이 많았고
　　인스턴트 커피믹스를 입속으로 털어 넣고
　　물 한 모금 물고 하늘이 아닌 혀를 굴린 기억

　　지구의 그림자를 겨우 밀어내는 초승달처럼 작은 눈
　　두꺼운 지방이 눈두덩에 두둑하면서 몽골반점을 기억
하는 몸
　　말 위에 앉아 초원을 달리던 기마민족의 후예임을 의
심케 하지 않고

엉덩이를 들썩이고 채찍을 휘두르면서 말을 몰던 손

(나는 마우스를 쥐고 있다/ 내가 마우스에 손가락을 얹지 않았다)

(끊임없이 궁금해하는 햇빛보다 스위치로 작동되는 빛 아래 있었다/ 달무리 진 달밤을 본 적이 없고 날이 선 검을 들고 달을 돌다리처럼 건너다녔다/ 매미소리에 간간히 들리는 귀뚜라미 소리를 구분할 필요성을 느끼지 못하고 누구도 피 흘리지 않는 폭탄을 밤새 던졌다)

나의 방문을 연 당신 잊으셨습니까, 밤새도록 쉬지 않고 눈길을 걸어 눈썹과 속눈썹이 허옇게 되어버린 사연을 더 이상 말하지 말아 달라고 하였던,

엑스트라, 엑스트라

겨울 폭포 같은 기다림의 긴장을 놓고 개망초의 꿈을 물어봅니다 달맞이꽃의 숨겨진 가시 이야기를 들으며 풍뎅이 방아깨비와 지냅니다

나는 잊혀진 길입니다, 아니 그냥 길입니다, 당신 몸속의 동맥도 정맥도 아닌 실핏줄 같은 오솔길입니다

주인공이 시종을 거느린 귀족처럼 등장하고 질경이와 민들레를 밟고 지나갑니다 풍뎅이가 허공으로 풍뎅풍뎅 날아갑니다 방아깨비가 논두렁으로 곤두박질칩니다

이 순간을 기다렸겠지요, 사실감과 현장감이 있는 무대

반복, 반복, 반복을 하여 온 일인데도 불빛에 갇힌 사슴처럼 순간이 정지되고 뼈 없는 몸처럼 그들이 지나간 내 자리가 내려앉았습니다 물이 고이고 구름이 지나가고 풀씨가 몸을 기대고 개미가 집을 짓습니다

흰나비

맨몸으로 배추 잎사귀 뒤
해가 지도록 오르다
혼절하듯 잠들다 깨어나기를 몇 번일까

눈을 막고 귀를 막고 스스로
땅속으로 땅속으로 들었을 때
비로소 얻었을 날개
하늘길이 활주로처럼 환한 정오

낡고 빈 유모차를 밀며 할머니가 간다
바스러질 듯 날리는 흰머리 흔들며
점심 한 끼 드시러 사회복지센터에 간다

손녀 대신
유모차에 돌멩이가 몇 개 실려 있다
加重 없는 몸을 애써 누르고 있다

그린란드

고대 감옥에서 무거운 벌 중 하나, 이쪽 끝에서 물을 길어 저쪽 끝에 붓고 그 물을 다시 길어 처음 시작한 곳으로 돌아와 붓고 긷기를 형기 내내

반복하는 일

가벼운 감옥; 무거운 감옥; 반복반복반복

분탄憤歎 없는 눈으로 물을 긷고 붓고 분탄을 흩뿌리고 흘리고 목적 없이 발을 딛고 옮기고 목적 찾아 골목을 기웃거리다 멈춘 신호등 앞. 17시 25분에 입꼬리를 올리던

시선이 나를 통과하고 건널목을 건너가고

오색 네온/ 자동차 매연/ 뒹구는 전단지

빙산에 빙산이, 빙산이 쌓이고 쌓이는 사거리

추락, 다시 추락하여, 또다시 추락 추락

허공에서 가장 잘 보이는 정원

같은 이름으로 불리는 현대아파트 칠 단지 화단을 십일 단지의 주민이 감상해요 입주가 시작된 삼성아파트 작은 뜰을 입주민이 최상으로 아름답게 보이는 지점에서 바라볼 수가 없어요

칠 단지는 십일 단지에 거주하는 주민을 위하여 나무와 꽃을 가꾸고 노동력과 금전을 투자해야 한다는 것에 관하여, 삼성아파트 관리사무소에서는 현대아파트 주민을 위하여 화단을 정성스럽게 보살핀다는 사실에 대하여, 반상회를 열었다는 소리도 화단이 이웃의 공간으로 확장되었다고 꽃밭을 흉물로 가득 채웠으며 자신들만의 꽃동산을 만들기로 했다는 뒷담화도 들리지 않아요, 수령이 수십 년 이상인 소나무와 고급 수종으로 조경을 했어요 시냇물이 흐르게 하고 철제 다리를 마다하며 자연친화적인 나무다리를 설치했어요

철 지난 상품처럼 끼워서 판매된 정원이 작은 개념에서 큰 개념이에요

A, 女; A 男; A

그러니까 말이야 새끼야, 왼뺨을 후려친다, 남아있던 소주가 쏟아진다 코트 속에 몇 벌을 껴입은 사람한테 붙들렸다, 냄새가 코를 막게 한다

노래와 춤을 춘다/ 코미디를 한다/ 옷을 갈아입는다

(내가, 겨울에, 있잖아요 저기가 어 그-것-이) 은행나무를 가운데 두고 벤치가 원형으로 놓여있다, (그러니까 저기 쓰레기통!) 서있는 사람의 눈을 본다

낡은 코트가 바뀐 것도 같고 남자가 아니었나,,, 연기 지망생인가! 노숙자인가?

반사판을 들고 서있는 人, 뒷발로 일어선 오스트랄로피테쿠스 아파렌시스, 꽃이 火로 보이는 人

(여기가, 아는데요, 어-아 그것을 저기에 땅에는 의-자)

구피 세계의 균형

꼬리가 아름다운 세 마리가 한 마리를 쫓아다닌다 수컷 세 마리가 어제 스트레스 호르몬 수치 과다로 암컷 한 마리 ―죽게 했다

일곱 마리 암컷에 성별이 다른 일곱 마리가 문제였다

작은 어항에 수컷 세 마리를 따로 분리했다 아침에 한 마리가 죽었다 귀양살이를 못 견딘 것인가 여자 없는 세상 ―스스로 등진 것인가

두 마리가 남아서 서로 꼬리를 물어뜯는다 둘이 머리를 맞대고 대치를 하다가 멀리 달아나기도 하고 수초 뒤에 숨어서 호흡을 가쁘게 몰아쉰다

저녁에 한 마리 ―살았다

생명이 붙은 한 마리를 본래 있던 수조로 보내주었다 암컷 여섯 마리가 있고 수컷 다섯 마리가 되었다. 구피 세계의 균형은 여자가 둘 남자가 하나라고 한다

금요일 밤이다, 문 닫힌 상가 ―월요일에 문이 열린다

하이에나

　매너리즘에 빠진 식탁에 앉아 매스컴에 등장한 매머니
스트를 읽다 '어둠에 갇힌 증시'란 소제목에서 지하철 후
미진 기둥 아래 웅크리고 잠든 사람이 스치고 손목을 자
해한 사람이 말하길 '살기 위해서'였다고
　남의 말하듯, 조용조용하던 억양

　제 손으로 귀를 잘라 버리고 그 손으로 붕대를 감고
자화상을 그렸을 고흐의 붓질도 남의 초상화를 그리듯,
그.랬.을.까

　매너리즘에 빠진 의자에 앉아 외피 내피 벗겨내고 곱
게 빻은 밀가루에 소금, 버터, 설탕, 베이킹파우더를 섞
어 오븐에 구운
　부드럽고 달콤한 빵을 입에 넣고

　뼈째로 씹어 먹는 하이에나처럼 아래턱 위턱을 움직인
다 머리가 먹이에 처박힌다 눈알이 구른다

2009년 8월 20009년 8월

일본에 6.5의 강진과 쓰나미 주의보를 발령하게 하고
중국 저장성에서 아파트 7채를 통째로 집어삼킨 태풍
모라꼿
대만에서는 한 마을 주민 400명을 생매장시켰다

8월 13일 자 신문 환경란
할아버지가 흙탕물이 무릎까지 들어찬 실내에서
오리 떼가 노니는 모습을 손자 재롱 보듯 웃고 있다

아인슈타인의 $E=mc^2$; 태풍 모라꼿은 큰 개념
아프리카 마다카스카르 바오바브나무처럼 거대하지도
800채의 건물과 9, 999칸의 방이 있는 자금성도 아닌
바닷가 언저리 가장 연약한 지반을 닮은 할아버지

작은 체구에 침적된 내적 지층

이웃 사랑

벽과 벽이 펭귄처럼 신체를 밀착시키고 있습니다
아래층에서 바닥이 따뜻하도록 보일러를 돌리고
위층에서 천장까지 훈훈하게 온도를 올립니다
설 연휴 기간에는 집에 머무는 식구가 없어도
삼 박 사 일 동안 스위치를 끄지 않았습니다

펭귄이 몸과 몸으로 혹한과 대면을 합니다
극지방에서는 돌이 밸런타인데이 초콜릿이고 화이트데
이 사탕입니다
　돌덩이가 최고의 선물이므로 훔쳐 가기도 하고 선사 받
기도 합니다
　펭귄이 옆으로 대열을 늘릴 때 아파트는 위로 올립니다

　외출을 하지 않고 실내에 머무는 날에는 보일러를 가
끔 꺼두어도
　콘크리트 덩어리가 펭귄의 몸처럼 따뜻하게 합니다
　아파트에는 지하부터 옥상까지 창이 없는 장벽이 있고
　벽면과 벽면 사이에 베란다가 있고 밖이 보이는 유리

창이 있습니다

  눈 쌓인 보도블록 위로 보일러 온도를 올렸던 사람이
지나갑니다
  헐벗은 나무 아래로 스위치를 잠시 꺼두었던 사람이 걸
어갑니다
  안갯속 물체처럼 서로가 서로에 대해 알 것도 같지만
그냥 지나칩니다

  일층에서 상층으로 올라가는 엘리베이터를 함께 타고
  거울에 비친 각자 자신의 얼굴에 미소를 지으며 타인
을 투영시킵니다

  이웃 사랑을 왼손도 모르게 한 것이 확실시되는 순간
입니다

보너스 10% 플러스 10%

환영합니다, 환영합니다, 여자들만 입장하냐고 묻는 건 가요, 남자 친구랑 함께 오셔도 카페 문이 열립니다

손가락 지문에 반응하는 스크린 고양이가 아닙니다. 배 터리가 방전되면 사라지는 고양이는 지금 당장 버리십시 오, 털장갑 낀 손으로 등을 쓰다듬어도 발톱, 확실하게 세 웁니다. 세상에서 가장 작은 싱가푸라를 머그컵에 넣어 보시지요, 고양이가 물을 싫어한다고 믿으시나요, 특기가 수영인 터키시반을 목욕시켜주는 시간이 있습니다, 사파 이어 블루인 눈으로 당신을 삼켜버리는 샴에 빠져 보시지 요, 털이 싫다고 지금 그러셨나요, 털이 없는 스핑크스가 빠질 리가 있나요, 간식을 주어야 하냐고요, 그러실 필요 가 없습니다, 이곳의 고양이는 내일도 배가 부를 겁니다

이 몸이 들어간 사진을 가져가시면 입장료 10% 할인 입니다 손님의 머리를 저의 털옷에 살짝 기대고 찍으면 CD만 한 얼굴이 됩니다, 오픈 날이 언제냐고요, 벌써 문 이 열렸습니다, 앞으로 곧장 3미터만 직진하십시오, 오른

29

쪽입니다

　와, 와, 소나기가 쏟아지는군요, 비 맞고 찍은 사진은 보너스 10%를 더해 20% 할인입니다, 오늘은 이 몸이 찜질방에서 땀을 빼지 않고 일당을 받고 흘립니다, 믿지 못하겠다면 전신 고양이탈을 잠시 빌려드리지요, 방금 내린 승용차 안에 에어컨이 빵빵 하지요, 카페도 최신 냉방시설입니다, 우, 우, 소나기가 그치는군요, 다시 10%로 내려갑니다, 기회는 왔을 때 잡아야 합니다, 이 털옷을 한 번 입어 보지 않겠습니까

프로크루스테스*의 전지가위

　공간의 효율을 위한 건물과 건물 사이를 도시의 바람이 놓칠 리가 없다 버스를 놓친 사람의 등 뒤
　정이품 벼슬을 받을 디엔에이가 불가불 하지 않을 骨, 유배지의 추사를 위로하고 붓에서 처연히 의재필선意在筆先되었을, 천고절千古節 소나무가 푸른 잎 몇을 달고 도시를 응시한다, 된바람이 상가건물 알루미늄 패널을 흔들고 날 선 검의 속도로 나무 등껍질을 후려치더니 떨어진 솔잎을 끌고 간다

　나무의 지문이 염분이 함유된 바람소리를 기억해 냈을까, 서슴거리던 몸이 따라가고 새순을 뻗고 송홧가루를 날리는 봄

　건물 외관, 상가의 불빛을 가린 나뭇가지, 간판의 위치를 흔들고 있는 나뭇잎, 세밀하게 측정당한다

　* Procrustes. 그리스 신화에 나오는 악당

일방통행

조경업자에 의해 심어졌지요, 관리는 관리사무소 업무
입니다, 행사를 치르지 않습니다 ―장미축제 ―벚꽃축제

506호는 오늘 유채꽃이 불러 제주도로 날아갔습니다
202호는 어제 쌍계사 십 리 벚꽃 길로
907호가 지금쯤 지리산 바래봉을 오를 겁니다

목련이 떨어집니다/ 벚꽃이 만발을 했습니다

꿀벌이 찾아옵니다, 나비가 날아듭니다, 농익은 열매가
떨어져 발에 밟힙니다

물어보는 사람이 없습니다/ 살구인지 매실인지

죽이는 밤

순간에 7옥타브로 솟아오르게 할 비법
나는 알고 있다

새로 장만한 오디오 볼륨, 최저에서 최고로 올릴 줄 아는
手, 너에게 있다

초대형 레스토랑에 너와 나로 지칭되는 우리 동 모두가
모인다면, 대형 룸을 몇 개 점유하고도 모자라 일반 홀에
착석하여야 하는 팀이 발생할 것이다

관람시간이 지난 박물관처럼 적막하고 조용한 밤
 (벽과 벽의 의미를 해독하지 않고도 숙지한 사람들, 질
량의 법칙에 대하여 이미 알고 있는 입주민)

깨어 있는 자, 걸어 다니는 소리
 ―죽이고

깊은 잠에 들지 못한 자

—잠든 척

(뚜벅뚜벅/ 살금살금/ 우르르/ 쪼르르)
아파트 현관문을 열고 各各의 방식으로 기꺼이 들어가고
본인이 살아 있는 본인을 스스로 진열하기도 하며
소리 없이 움직이는 유물과 유물이 된다

네가 알고 있다
보너스를 몽땅 털어 장만한 스피커의 최고음이 몇 데
시벨인지

내가 알고 있다
드라마틱한 소프라노 가수의 음역대가 어디까지인지

2부

겨울 호수

무지개가 땅속에서 잠을 자네 태양이 먼발치에서 얼어 버린 호숫가를 기웃거리네 부들 씨앗이 흙을 잘 덮고 있나 연뿌리가 얼지는 않았나 붕어, 송사리, 미꾸라지가 아직 낙엽 속에 숨어 있나 얼음을 쓰다듬어 유리처럼 빛이 나네 마른 갈대 옆에 한 사람이 묵화墨畵처럼 낚싯줄을 들이고 있네

초인종 소리가 들리네 소파에 그냥 앉아있네 귀를 핑크로 물들인 푸들도 그냥 있네 리모컨으로 케이블 TV 채널을 누르네 지난주에 못 본 드라마를 보고 어깨가 드러나는 티셔츠를 사고 토스터 겸용 오븐을 사고 12가지 반찬세트를 주문하네 태양이 四季節 빙벽인 아파트 벽에 머물다 유리문을 발견하네 베란다에 뒹구는 화분을 보네

붉은 여왕

터득합니다, 지하에서, 구체적으로 논리적으로 설명하
라 하면 당신의 눈을 순간에 잡아버린 복숭아빛 원피스
를 보여드리지요. 보이네요, 확인하지 않아도 내일 데이
트가 있다는 거. 신어 봐요, 행운의 마스코트가 될. 들리
지요, 속삭임이

동굴에 물건을 걸어둡니다, 완성되길 기다리고, 뼈가 바
스러지고, 일천 이백 도에 흔적 없이 사라지고, 사리 한 점
없이 연기로 완성될지 몰라도
솜털 위로 깃털이 올라오는 날개입니다
상품을 만들지 아니하고, 진열을 합니다, 미술을 전공
하지 못하였고, 달콤하게 싸인 알약처럼 그대가 입에 넣
어 주었고, 디스플레이한 색감이 아주 뛰어나다고, 듣습
니다, 그렇게

얻고 싶어요, 눈길 없이 지나는 당신의 맘 훔칠 오묘한
천연물감, 붉은 돌을 갈아 당신의 심장을 뛰게 하고 뭉게
구름 닮은 천을 쪽물에 담가, 기러기가 날아가는 가을 하

늘색. 달리고 있어요, 붉은 여왕인가 봐요. 그리고 싶어요, 못 박히고 뽑히기가 반복된 동굴 벽과 웅덩이, 살아나고 죽어버리는. 언제일까요, 웃음을 잃어버린 나의 아가한테 수십 년을 함께한 콘크리트 동굴이 빛보다 아름다운 어둠의 문을 열어 줄. 말아야 하겠어요, 오늘 밤엔 동굴 벽에서 귀를 떼지. 탐지하겠어요, 얼음처럼 차가운 벽에 귀를 붙이고 외이도를 미끄러져 고막을 흔드는 바람의 끝자락. 간지러워요, 어제보다 꽁지깃이. 색을 입히고 있어요, 몰리고 있어요, 조각으로 흩어지던 부스러기들. 미끄러지고 있어요, 비행을 하고 있어요, 혈액과 살가죽이 배가 침몰하듯 한 곳으로. 소리가 들려요, 대지를 찾는 민들레 꽃씨인가 조명등이 꺼진 동굴의 박쥐인가. 물기인가 봐요, 뒤로 묻어나간 더없이 친절한 미소

11월

아르바이트로 받은 푸른 잎 한 장 내밀었습니다. 컨테이너 박스에서 졸고 있던 주인이 거스름돈이 없다고 하네요

붉은 장미로 매일 주시면 고맙겠다고 겨우 입을 열었습니다

마른바람 가슴에 맞으면서, 다른 시간 채집하러 걸음을 재촉합니다

하늘밖에 모르던 꽃을 벽에 거꾸로 걸었습니다

말라가던 목, 힘을 받고 떨어지려던 꽃잎, 봉오리가 되었습니다. 잘 마른 낙엽처럼 바스락거리며 맑은 종소리가 납니다

잊고 있었던 눈사람 스티커도 빠짐없이 달력에 붙였습니다

꽃집 주인이 잔돈이 더 이상 남지 않았지만 선물이라고 활짝 핀 장미 한 송이를 내게 주었습니다

눈사람 스티커가 없는 날이 삼일입니다
꽃이 없는 날이 삼일 아니 저 며칠 더 있군요

어제는 화장장에서 솟구치는 불을 보고 도망치다 굴뚝으로 사라지는 연기를 보았습니다

수분을 다 내보낸 몸, 이제 고개 숙일 일이 없어 보입니다

일회용 라이터로 마른 장미에 불을 붙였습니다

노랑나비

시험기간인데요 목련이 벚꽃이 창문으로 들여다보네요 꽃잎이 헤겔의 변증법, 절대정신 위에 앉아 나비가 되어 날아가려고 해요 '세계 정/신은 단/번에 그 목적,,,' 활자를 이어서 읽지 못하고 자꾸만 끊어서 읽게 해요 '이/성과 현실의 일/치는 결국,,,' 엮어지지 않는 말들로 갑옷을 만들고 있어요

꽃가루가 창으로 들어오네요 눈이 가렵고 재채기가 쏟아져요 온몸을 조이던 갑옷이 수류탄처럼 폭발해요 조각난 글자들이 꽃잎처럼 날리네요

트로이; 목마; 태양

콘크리트 구조물 속으로 납치된 것이다
生物, 광합성이 필요한

다급한 해가 건물 외벽에 빛살을 반사시켜
뛰어든다, 남쪽 창으로
지구가 자전축을 기울이자 태양이
햇살을 되쏜다, 고층건물 유리창을 이용해

실내로 들어간 식물, 만날 수가 만날 수가 있을까

건축물에서 건축물로 미끄러지며 빛발을 쏘고
내부 깊숙이 침투를 모색하고 또 모색하여
연녹색 잎에 겨우 닿으려던 순간

自動으로 켜진다, 천장에서 식물재배전용 LED

거대한 거미

발을 구르면서 떼를 지어 달려온다 숨겼던 발톱이 잭나이프처럼 내게 꽂히려는 순간 불빛이 하나 비상구처럼 빛난다 비가 오고 있었고 천둥번개가 치는 밤

꺼지지 않은 불이 있다/ 누구를 지키는 불인가/ 누구를 기다리는 밤인가/ 잠들 수 없는 영혼이 있다/ 가늘고 긴 다리로 땅을 딛고 독니를 겨울밤 정수리에 깊숙이 찌른다/ 풍속을 면밀하게 감지하더니 배를 들썩거리며 빨아들인다/ 밝아오는 하늘/ 꺼진 불빛

새끼거미들이 아파트 현관 밖으로 쏟아져 나온다, 우산을 둘이도 쓰고 혼자도 썼다

B의 겨울

이별을 완성하지 못한
바위와 바위가 서있다

틈 사이로 겨울바람을 보내고
눈이 내리고; 쌓이고
비가 내리치고; 비에 젖고
서로가 왼쪽이나 오른쪽 어깨에 맞던 비바람

베어진 가슴으로 진눈깨비를 맞고 있다

이별이 완성되지 아니한
바위와 바위의 버듬하게 갈라진 선
눈송이가 바람을 따라가다 되돌아와 쌓이고 쌓이며
현간玄間을 메우고 있다

병 속에 병이

혼자이기도 하고 셋이나 넷 아니면 여러 명이 무리를 지어 있기도 한다 좁은 공간을 함께 사용한다는 것은 생각의 차이가 많아도 순간의 목적이 같다는 것이다 상대방의 들릴 듯 말 듯한 소리도 서로 알아듣고 눈빛으로 의도를 정확히 파악하고 대화를 주고받는다

풍선 속에 풍선이 있는 것처럼 안이 훤히 비치는 병 하나에 같은 물형이 또 들어 있는 그 속에서는 말을 하면서 함께한 사람들의 말을 골라서 듣고 때론 묻는 말에 거짓 대답도 한다

세로이던 형체가 좁은 골목이나 인파를 만나면 가로로 직사각형이나 삼각형 또는 원형으로 변주되면서 무사히 통과하고 통과시킨다는 것에 주저함이 없다 병 속에서 병이

노랑 망태버섯

그러니까 그녀의 집에 불이 나고 몇 년 지나지 않아서다 방어체계를 이미 상실한 나무에 벌레들이 살고 이끼와 버섯들이 줄지어 피어나는 것처럼 남겨진 사람과 낯선 사람들이 함께 살기 시작했다 엽록체가 없어 광합성을 하지 못하는 버섯처럼 그녀는 남매를 포자낭 사이에 균사로 숨기고 물장사를 시작했다 장례식장에 다닌다는 손님이 제단에 차려 놓았던 음식을 가끔 가져다주기도 했다 괜찮은 물건을 골라서 과일안주로 마른안주로 손님 테이블에 내놓기도 했다 대체로 아무 소리 없이 술을 마셨고 더러는 맛이 왜 이러냐며 혼자 중얼거리기도 했다 남매는 골방에서 누가 시키지 않아도 조용히 지냈고 학교에 갈 시간에도 이불을 머리끝까지 덮고 잠든 그녀를 깨우지 않았다 그러니까 그녀의 집이 불에 타고 몇 년 지나지 않아서였다 화장을 하고 노랑 망태버섯 같은 원피스를 입고 만 원짜리 지폐를 남매 손에 쥐여주고 집을 나서던 날이

액자

봄, 속잎이 한순간에 쏟아져 버렸다. 겨울이 왔다, 미래를 구상해보는 땅속 공간에 대하여 모르는 것 같았지만, 아니 어쩜 모르는 척했을 것도 같지만, 다리를 자유롭게 뻗지 못한 그가 스스로 자르고 있었던 것이다,

철쭉, 영산홍, 라일락이 방춘 가절이다

유릿가루, 붕사, 도료, 규조토 그리고 또 뭘 첨가했었지 아하 점토야 다음엔 석면, 마그네시아랑 비눗물에 골고루 잘 이겨 불에 타지 않는다는 耐火 페인트를 만든다, 꽃담을 향해 원시적 발성으로 페인트를 뿌린다. 꽃철에 겨울 외투를 걸쳤다. 오른손에 중절모가 들렸다, 한쪽 날개에 매달려 강을 건너갔다가 날개가 모두 돋아난 듯 돌아왔다

안개가 은방울꽃처럼 나지막이 내려앉은 한강이 사진보다 사실적이다

48

호랑이 꿈

뼈를 부숴버리는 이빨보다 강하고 가죽을 찢어버리는 발톱보다 날카로운 쇠톱으로 창살을 자른다 바닥에 쌓인 쇳가루를 보면서 낙엽처럼 썩어 가리라, 흙이 되고 거름이 되리라고 생각했다 탈출하기에 충분할 정도의 공간인데 발을 바깥으로 전혀 내딛지 않는다 머리를 내밀다가 상처를 입는 것이 두려운가 싶어 위를 자르고 아래를 더 잘라주었는데도 우리를 뛰쳐나갈 생각을 전혀 하지 않는다 호랑이가 -인간들이란 어리석기가 한심스럽다는 듯이 나를 쳐다본다- 붓을 들고 까치 한 마리 그려 넣을 까요라고 학습된 뇌가 관여하는 어이없는 질문을 한다 안전장치 없이 내뱉어진 말을 수습할 요량으로 눈을 마주치려는데 -스스로 여무는 숲속엔 지켜주어야 할 대상이 없다- 호랑이가 하는 말을 귀가 아닌 눈으로 듣고 있는 것이었다 오른손엔 종이 팔레트가 쥐어져 있었고 쇠톱은 어디로 사라지고 왼손잡이가 아닌데 왼손으로 붓을 쥐고 있었다

雨期

활자를 따라가다

행간에서

김종삼 시인의 술 없는 황야를 생각하다

도심의 풍경이 들어온다

계속 내린 비가 말끔한 관악산을 눈앞에 옮겨놓았다

팔과 다리가 다람쥐처럼 산을 오른다

눈이 책을 읽는다

바위에 앉아 김밥을 먹는 내가 있다

문자가 눈을 삼킨다

다람쥐가 검은 잉크를 물고 달려간다

몸에 열을 나게 한다

숨이 막힌다

저기와 여기를 길게 그리고 오래도록 뿜어낸다

손에서 불이 난다

열 손가락을 세차게 흔들어 본다

몸이 책을 먹는다

열이 다시 나면서 얼굴이 불그레해진다

초콜릿 이벤트

지하철이 무사히 건너가고 건너온다. 그가 눈을 양손에 움켜쥐더니 벚꽃 잎 날리듯 손가락을 푼다.

카카오 99% 초콜릿 맛

사납게 부는 바람, 바람이 은색 커튼을 만든다. 찢어버리고, 다시, 흐르는 강물에 내리는 눈, 이미 눈이었는지 물이었는지를 잊었다.

건너가는 자와 건너오는 자/ 하늘과 땅의 경계

도시를 건너온 발자국마다 다크 초콜릿, 흰 눈에 덮이는 발자국, 지난여름을 겨울같이 보낸 모터보트가 포장 속에 숨겨져 있다, 포장 위에 내리는 화이트초콜릿

고객 특별 이벤트 [1+1 행사] 옹알옹알 다가온다, 1:1 대면 심화 프로그램

꽃물 들이는 밤

동공 없는 여인의 눈에 함몰되던 눈길
드라큘라가 반기고 반기었을 목에 머물던 입술
당신이 꿈꾸던 푸른 잎

검붉은 색이 우러날 때까지
아기가 두 손 모으고 기도드리듯 무릎 꿇고

보이지 않는 당신/ 봉숭아 잎 찧듯 할 테야

이 세상, 누구의 숨결 하나
스며들지 못하게 비닐로 꼭꼭 싸매야 해
손끝마다 얹고 밤을 새워야만 해

당신의 夢, 당신을 불러 나의 全身이 옥죄어도
살도 뼈도 아닌 곳에 묶어 놓을 거야

아름다운 夢幻

담비털로 비늘을 그린다 산호초 사이를 유영하는 레드
로즈 디스커스의 미세한 점도 빠짐없이 그린다 하얀 종이
가 물감에 잠식되어 가듯 바람결 따라 태양 아래 숨을 멈
추고 열대어가 되기를 기다린다 얼마 동안이나 꿈꾸고 있
었을까 이제는 비늘을 다 그렸을 거야 햇빛이 구름을 밀
치면서 물감을 말리고 조금만 참으면 수영도 할 줄 모른다
고 언제나 놀리던 너를 깜짝 놀라게 할 거야 새까만 눈동
자가 찍힌다 속이 울렁거린다 아랫배가 뒤틀린다 눈으로
코로 빛이 들어온다 명령어 없이 쳐들어온다

원무圓舞

- 민달팽이

─나를 비라고 하지 마 ─눈물이라고 하지 마 ─어제 산 샤넬 투피스가 젖는 걸 두려워하지 마 ─머드축제에서 뒹굴어 본 적 있지 않아, 그렇게 함성을 질러봐, 나를 찾으러 왔어; 나를 내던지려고 왔어

제비꽃이 예쁘지 않아/ 오랑캐꽃이라는 이름을 슬퍼해

곤두박질치다 허공으로 치솟기를 반복해/ 단풍나무가 라일락이/ 뿌리가 궁금한가/ 시간이 없는가/ 레일 위를 달리는 기차처럼 정해진 길이 최대의 수익, 직선이 모여 세모가 네모가 또 원이 다시 직선세모네모원직선세모

비가 오는 날이면 바다로 향한다고 ─달팽이가, 꼬리에 꼬리를 물고 바다에서 원무를 춘다는 傳說, 봄꽃이 늦가을 낙엽 옆에서 푸르게 웃더이다

거울에 비친 제비가 날아가고 있어

그 이름, 유한을 무한으로 삽니다

　　생명을 위한 장소가 아닌 죽은 자를 위한 공간으로 밤마다 파고드는 사람이 있었습니다. 꿈처럼 신비하고 별처럼 빛나는 도시를 헤매다 되돌아간 곳이었습니다. 간판이 아침에 생겨났다 저녁에 사라지는 거리를 돌고 돌다 다시 돌아가 잠이 들었습니다. (주민번호 첫자리가 일로 시작을 하지만 화장을 하고 여장을 합니다. 가족이 있지만 가족을 떠났습니다. 가족을 깊고 깊게 생각했습니다.) 얼어버린 봉분을 손끝으로 파내고 태아처럼 웅크렸습니다. 닻을 필요로 하지 않는 항구였습니다. 비닐 막으로 밤이슬을 막고 바람의 방향을 아주 조금 돌렸습니다. 저승이 아닌 이승이라는 촛불이 하나 가녀린 숨결에 흔들렸습니다. 여자인 남자 남자인 여자가 어머니에게로 돌아가 밤을 보냅니다. 흙으로 사라져 버릴 수 없는, 그렇게 갈 수 없었을 뼈 한 조각을 가슴에 품었습니다. 화롯불처럼 끌어안고 있었습니다

3부

소금

어떠하냐, 그 맛
—짭니다

어떠하냐, 혀끝에 묻은 그 맛
—짭니다

어떠한가, 목줄기를 넘어가는 맛이
—씁니다
—캔디처럼 달달합니다

어떠한지요, 되돌아오는 그 맛이
—검은 대륙의 북소리이며 스와힐리어로 빛나는 킬리
만자로입니다 —호모 사피엔스 뼈이며 복제 스너피의 체
세포입니다 —어머니의 자궁 양수이고 자궁 속에서 눈 나
의 오줌입니다

—사냥꾼이 기다리는 엘곤산 동굴 —암염, 찾아가는 코
끼리

홍시가 떨어집니다, 새는 날아가고

제자리에서 뛰어오르기를 왜 하느냐고 하십니까
중력을 느끼려고 그러합니다
사과가 떨어진다는 것에 동공이 커진 뉴턴
그림을 아직도 못 보았느냐고 하셨습니까
총천연색으로 그려진 까치밥이 땅으로 스미고
세발자전거가 지나는 길에도 떨어졌습니다
어린아이가 구르는 바퀴에 묻어가면서 소멸합니다
까치가 감을 쪼아 먹으면서 눈 똥이 바닥에 퍼졌습니다
시멘트 길바닥이 부식되고
산酸이 많아 자동차 지붕에 떨어지면 바로 닦아야 합
니다
경비원이 빗자루로 까치를 쫓아 버리고 있습니다
새는 날아가고
홍시가 떨어집니다
모자를 쓰지 않은 경비 아저씨 머리에 쏟아졌습니다
실체가 흙이 되고 흙이 되지 못하고 있습니다
바퀴에 묻은 것이 까치 똥인지 연감인지
모르는 엄마한테 아이가 야단을 맞을 겁니다

사랑이 사랑으로 완성되는 것이 진정한 사랑인지

사랑으로 완성되지 않는 것이 순정한 사랑인지

오늘은 중력을 잃은 날입니다

중력과는 무관하지 못한 세계에서

바퀴에 묻은 것이 새똥인지 물렁한 감인지 구별 못하
는 엄마를

가진 아이는 자전거가 더 중요합니다

누구에게나 그런 시절이 있었습니다

뉴턴이 그려진 그림책에서 사과가 땅으로 떨어집니다

다시 태어나

어느 분이 그랬습니다, '사람이 한 명 죽어서 다시 태어
난다면 한 사람이 생명을 얻은 것으로 봐야 하는데 왜 그
리 인구가 폭발을 하는가를 곰곰이 생각해 봤더니 여러분
가슴속에 수많은 자아가 있는데 그 자의식 하나마다 다
른 개체로 태어나는 게 아닌가 하는 생각이 듭니다'라고

인간이 살면서 하고자 하는 욕망이 많은데 이루지 못한
욕구 하나하나가 사람으로 다시 태어난다는 말로 들리며
지금의 나는 전생이 치열하게 목표한 조각의 하나인데 그
갈망 한 가지가 절실하게 염원하는 바가 있어서 혼신의 힘
으로 왔을 것인데 그 하나를 찾지 못하고 그 하나가 무엇
인지를 아직도 모르고 다리는 풀리고 땀은 흐르는데 출발
한 곳이 어디냐고 묻는 음성, 하나였던 몸을 찾는 사람 같
기도, 그림자 같기도, 오 분만 가면 된다는 말 언제나 진
리라는 말 오 분 후에는 아니 조금 더 써서 십 분 후에는

제 울음을 울지 아니하는 나무

깊은 숲속에서 길을 잃어버렸던 당신, 죽은 나뭇가지로 죽은 나무를 두드리라고 했는가, 다급한 의의意義 ; 두드림의 의미, 죽지 않은 나무가 전달받지 못한다고 했는가 귀를 열어두지 않아서; 귀가 온전히 열려서, 마음을 주지 못해서; 마음이 미쳐있어서, 사랑을 알 수가 없어서; 사랑을 실행하는 중이어서

제 울음을 운다

죽은 나뭇가지가/ 죽은 나무의 가지가/ 죽은 나무의 소리를 받아

죽지 않은 당신을 죽이지 않는다

죽은 나뭇가지로 죽은 나무를 두드리라고 하는가/ 제 울음을 우는 것이 죽지 않은 나무라고 하였는가

창창蒼蒼한 몰락

오랫동안 압박하여 온 것과 무관하지 않으리라고 짐작
하지만 말을 한다, 그의 존재이다

쇠창살을 붙들고 절규하는 불법체류자의 모국어처럼
도무지 알아들을 수가 없는 그만의 언어로 말을 한다

끊임없이 들려오다 모두를 체념한 듯 단절시키기도 한
다 더러는 그의 말을 이해하기도 하지만 던져진 메시지마
저 설득력을 잃고 침식당하고 있다

끝내 속내는 다 열리지 않고 사라지려는가
한 면을 어둠에 내어주고 남겨진 한 옆이 환하다니
받아들일 방법이 체득되었다는 말인가

익숙했던 것으로부터 익숙하지 않은 것으로의 지고한
확신

창창蒼蒼하게 몰락하고 있다

64

사각, 사각, 사각

　나의 귀가 누구보다 예민한 능력을 얻었습니다, 공동주택이 주는 혜택입니다, 우리의 천장이 같은 언어로 또는 다른 언어로 불리는 관계로 탁월하게 작동시킵니다 위층의 발소리, 목소리, 재채기가 오늘 조용합니다

　일요일, 오랜만에 늦잠을 잤습니다, 정말로 오랜만입니다

　꿀잠을 빼앗기기 싫다/ 자라처럼 이불속에서 목만 내밀고 있다/ 아래층에서 할아버지 소리가 들립니다, 삼십이 지났을 것 같은 여자의 소리가 들리고 목소리가 굵은 남자, 변성기가 오지 않은 남자, 또 어린 여자애소리가소리가발자국소리서랍소리커튼젖히는소리베란다문부엌문식탁에서밥을뜨는숟가락소리화장실에앉아화장지푸는소리속옷갈아입는소리기어가는바퀴벌레소리한마리두마리세마리떼로떼로열을지어……

하늘길

콘크리트 벽을 올려본 적 없다 유리벽으로 벽이 아닌 척 막아선 일 또한 없다 경계가 존재하지 않는 개념에 反하지 않는 허공을 거침없이 뻗어 나가면서 절제를 거부하지 않아도 무한대로 무한대인 우주, 우주에서 바닐라 아이스크림보다 달콤하고 장미향보다 향기로운 입술로 황사를 허리케인을 받고 있습니다 녹차 아이스크림같이 떫고 부드러운 혀로 태양 폭풍을 핥고 우박과 서리를 녹이고 있습니다 산성이 강한 눈을 삼키며 천년도 더 살은 나무가 속삭이고 있습니다

하늘로 가는 길을 아주 조금만 내어줄 수 있겠느냐고

부조浮彫

정완영 선생님의 시조 '이승의 등불'을 읽다 낮잠에 빠진 날 정확히 말하면 '내가 죽어 저승엘 가면 이승이 고향 아닐까 너랑 나눈 한 잔 차' 란 구절을 읽다 얼마 전 돌아가신 어머니 생각에 눈을 감고 있었는데 잠이 들었다 담요를 둘둘 말고 거실에 누워 있으면 아이들이 엄마는 애벌레 같아 그래서였을까 왕잠자리가 되었다 잠자리가 되었으면 고향 안마당 바지랑대에 앉아 바람에 흔들리는 빨래를 사열하든지 아니면 잠자리채를 들고 쫓아오는 아이를 희롱하고 개울에 놓인 징검다리를 날아서 건너볼 일이지 흙바닥에 주저앉아 커다란 돌에 돋을새김을 하는 것이다 영전을 등지고 앉아 우걱우걱 목으로 넘긴 육개장이 몸속 깊은 곳에 침잠되어 있었는지 붉은 눈빛으로 새기는 것이다 망치도 정도 없이 조탁彫琢하고 있는 것이다

소실점을 위한 이중주

얼음 절벽에 앉아 죽음의 지대 너머 비상을 꿈꾼다
영靈의 시간인 밤이면 안개를 피워 올릴 거야
하늘을 보고 구름을 보고 바람의 방향을 살핀다
하늘과 땅의 경계를 알 수 없게 할 거야
설산을 넘어오는 바람에 눈 알갱이와 얼음이 섞여 있다
호수에 진흙이 쌓이고 무성한 풀 위에 물고기가 산란
하는 계절이면
　그는 이 세상인 동시에 이 세상 밖인 곳을 갈망하고 있어
바람이 저 각도로 불어오면 눈사태가 나겠는 걸

　─며칠을 굶었어도 가슴에 불을 담아 눈에서는 광기가
흐르고 있어
　─부리로 깃을 손질하고 있어

　해를 보내고 해를 보내며 영겁永劫의 시간인 듯 기다
렸다

　─구름과 바람과 눈의 시간

육신 회향

초승달 손잡이를 잡아당긴다
문이 열리지 않는다
하늘에는 방향이 반대인 모양이다
아래로 내리지 않고 위로 올렸다

열리지 않는다

열쇠 구멍이 있나 찾아봤다
없다
틀림없이 하늘에는 잠금장치가 없는 것이 확실했다

손잡이에 매달렸다

부피가 점점 부풀어 오른다
 붙들고 늘어지기에 적합할 정도로 팽창을 멈춰 주지
않는다

 양팔을 길게 뻗어 간신히 안고는 열어줄 의도가 없었

느냐고 물었다
　이미 열려있었다는 소리가 들렸다

　내가 내게 묻는다, 문을 왜 열려고 했는지

　느리게 걷는다는 달이 사라졌다

　낙산사 소나무가 육신 회향 되었다

치타였는지도 모르겠습니다

정지신호 출발 신호가 없어 가속 페달에 발이 정지한 곳
비상등을 켜고 서행을 해야만 합니다
고속도로 갓길에 차를 세워야만 합니다

아홉 시 뉴스에서 위급 차량이 다니는 길, 주정차해서
는 안 된다고
언제나 억양에 변화가 없는 아나운서가 말을 합니다
일가족이 사망을 했다고 말입니다

게릴라성 폭우가 앞사람이 뒷사람이 옆 사람이 보이지
않게 하는데 옆의 차가 뒤의 차가 나의 차를 비상등을 감
지하지 못하는데 윈도 브러시가 작동을 하지 않습니다
전생이 아프리카 사자이거나 벵골호랑이라 하여도
달리다 멈추면 죽임입니다
명령하지 말아 주십시오

명령에 익숙한 몸이 박수 소리를 기억해 내지만
이제야 내가 살아있다는 생각이 듭니다

오감이 가려진 이 공간, 오감이 자유롭게 합니다

시간이 기다림이란 단어를 모르는 곳 내가 죽고 네가 죽
어도 아무 일 없이 달릴 겁니다 밤새워 통독했지만 통시
를 거부하던 설명서를 던져버립니다 입력된 치밀함과 진
지함을 삭제해야만 합니다 불행이 쓰나미처럼 덮쳐 왔다
면 행운도 그대처럼 일어나겠지요 완벽한 불안이 이성의
균형을 간결하게 無로 만들 것입니다

새가 바람의 상승 기류를 이용하고
치타가 바람의 반대 방향으로 발을 내딛습니다

미니플라스틱꽃분

타원형이어야 할 잎사귀 (둘둘 말렸군요) 무릎을 조금 구부렸나요; 인사를 하는 것인 가요. 엘리자베스 일세 여왕의 붉은 립스틱이라고 해야 하나요. 일 센티가 넘는 두께로 발랐다고 하지요. 고인의 모습도 예외는 아니었다지요

연기로 사라지지 않으려고/ 독가스의 먹이가 되어서는 안 되는 일이므로/ 병조각을 날카롭게 갈았다고; 매일 면도를 했다고/ 나치 강제 수용소 -한 남자가

줄기가 삼 미리 정도로 -가늘디가늘군요. 오십 개가 넘어 보입니다; 화분 하나에. 드넓은 대지에서는 사방 일 미터를 넘게 자랄 뿌리. 미니플라스틱꽃분에 -심어겼군요. 둘둘 말린 잎, 자세히 보니 (하트 모양이네요)

-당신이 지금 다이어트 중이라고 했나요

봉사하는 하늘님

피어 있고 피어 있는 산에 들에 흔한 것이 야생화인데
사람이 종달새처럼 탄성을 높이면서 달려가
옷을 훌훌 벗어버리고 뛰어드는 바다가 되는지
빗방울을 보석처럼 달고 있는 꽃한테
살짝 알려달라고 했지요

손발이 없어서 그런다고 하면서
사내처럼 푸하하 하고 웃음보를 터트립니다

손이 없다면 높이 204cm인 미의 여신이란 말인가
거구의 몸집인 비너스가 간절하게도 열망한 소망이
개미처럼 작은 풀꽃이었는지도 모르겠다고
머리를 끄덕이려는데 움하하 꽃망울 터지는 소리

어젯밤 전신 목욕 봉사를 하늘님한테 받았다고
또다시 사내 녀석처럼 프흐흐 거리더니

옷이 없다고 합니다

人間이 고뇌를 하게 한다

冊이 번민하지 않는다, 배열되어 있을 뿐이다

冊을 내리고자 하는 자를 위하여 스스로 미끄러져야 할
이유가 없다 관심을 보이는 자를 배려하고자 무릎을 꿇고
정중하게 손을 올릴 필요가 없는 것이다

내부를 애써 열어두지 않아도 틀림이 없이 훑고 간다 진
열되어 있는 도서가 근심할 아무런 까닭이 없다

고심하지 않는 전집 옆엔 人間이 고뇌를 한다

개미처럼 소리 없이 거닐고 요란하지 아니하며 굴속에
식량을 비치하고 개미 같이 겨울의 꿈을 꾼다

침묵의 집이므로/ 직립 보행하는 영장류가 목이 잠기도
록 읽고 밤을 지새운다

人이 冊처럼 가벼워지려고 바위산을 무겁게 오른다

아리스토텔레스 버전으로
칸트 버전으로
크로마뇽 버전으로

키를 높여 보는 거다 어깨를 나란히 해 보는 거다/ 발
뒤축을 들고 발부리로 버티며/ 머리가 하나 더 있는 그에
게/ 우겨 보는 거다 속삭여 보는 거다

협박도 하여 볼 것이다
겨드랑이를 근질거려 웃음보를 터트리게 해 볼 일이다

'모든 철학서는 통속화돼야 한다'고 주장한
칸트의 글을
'웃음의 영역이 품위 실추와 밀접히 관련되어 있다'고
하면서도 '인간은 유일하게 웃는 동물이다'라고 한
아리스토텔레스의 통찰을

무거운 팔에 눌려 쓸리고 짓무르는 겨드랑이에 써먹어
보는 거다/ 웃음보가 터져 횡격막이 수축을 반복하다 가
슴이 아프고/ 눈물이 저절로 흐르게 해 보는 거다

거칠고 매우 큰 뿔을 가진 엘크에 돌창을 던졌을 크로

마농인

  며칠을 굶었는지 모를 가족과 집단을 위해/ 비장하고
절박했을 정점에 서 볼 일이다

  인스턴트 먹이를 먹고/ 가짜 풀 가짜 바위 가짜 동굴을
종횡무진 누빈다/ 열대어가 휴식 없이 몰려다닌다/ 붕어
아이큐라고 할 만도 하다

  사람의 뇌도 기분 좋아 웃는 것과 거짓으로 웃는 것을
구분 못 한다지/ 극심한 통증을 완화시켜주고 면역체계
에도 좋은

  도파민을 거짓으로 웃어도 분비한다지

  붕어 얼굴을 닮은 그도 붕어 아이큐인지도 모를 일이
다/ 붕어를 심도 있게 아는 방법은 스스로 붕어가 되어
보는 거다

꽃길

12등분한 하늘에 1,464개의 별이 새겨진 천상열차분야지도*를 경전처럼 암송하지 않는다. 사막을 휩쓸고 가는 폭풍이 눈앞에 있던 모래 산을 어디로 내동댕이치는지 기억하지 않을 것이다. 지금 이 길은 딱 알맞은 거리에 가로등이 비춰주고 이정표가 길의 방향을 알려주지. 달리는 차 안에 홀로 앉아 있어도 윈도 밖 나의 저 넓은 정원에서 계절 따라 정원사가 가지치기를 해주고 당연히 벌레도 잡아주지. 이 길을 지나는 자, 흥얼거리며 갈 것이다. 늠연한 적송이 如如하고 늘어진 수양벚꽃이 바람에 흔들린다.

* 조선 태조 때 석판에 새겨 만든 천문도

4부

길이 60센티 지름 1.3센티

　배꼽 동맥 2개와 배꼽 정맥 1개로 혈액과 노폐물을 교환하던 태아/ 기억하지 않아도 기억하지 못해도 첫 기억이 따라와/ 아이가 거실 커튼으로 몸을 감싸고/ 폐로 숨 쉬지 않고 배로 숨 쉬는 놀이를 한다

　가위가 자른 자리, 잘리지 않고/ 탯줄에서 심장으로 몸 전체로 전해진다/ 비정형적이면서 정형적인/ 몸의 기억

　엄마! 어제는 배가 많이 아팠어/ 바다를 건너가 있는 아이의 파동이 불규칙하다/ 그랬구나, 엄마도 어제 배가 많이 아팠어! 네가 아프면 엄마가

　언제나, 어김없이,,,

　아프지 마, 아파하지 마

비닐하우스 행성

깻잎깻잎깻잎깻잎깻잎깻잎깻잎깻잎깻잎깻잎깻잎깻잎
깻잎깻잎깻잎깻잎깻잎깻잎깻잎깻잎깻잎깻잎깻잎깻잎깻잎
깻잎깻잎깻잎...

무기한으로 가는 복사

달이 뜨지 않아도 현관 자동 센서 등이 작동합니다 비가
와도 상관이 없습니다 눈이 쏟아져도 원리는 불변합니다

깻잎을 재배하는 비닐하우스 천장, 24시간 불이 밝습
니다
깻잎깻잎깻잎깻잎깻잎 다섯 번만 반복해서 읽어도 이
것이 암호가 아니라는 것을 들켜버리고 맙니다

할머니의 할머니가 햅쌀로 갓 지은 밥에 쇠고기 한 점
올렸다지요. 학습 능력을 향상시키는 데 탁월하다는 들깻
잎에 꼭꼭 싸서 시험 보러 가는 손자한테 먹이셨다지요.
이파리를 뜯긴 줄기에 꽃이 없어 나비와 벌이 들깨를 생

각하지 못하는 해가 거듭되었다지요. 열매가 떨어지기를 기다리는 대지에 솟아나는 새순이 없어 땅이 바위처럼 굳어갔다지요.

우리 할머니가 잠이 오지 않을 때 먹는다는 상추쌈을 크게 싸서 한날한시에 시험 보러 가는 손녀 입에 물리셨다지요.

숲속의 공주가 깨어나 깻잎에 고기를 싸서 혼자 먹습니다

할머니가 엄마가 오빠가 해가 지지 않아 달을 잊어버렸어요
무한 소수가 무한 반복을 합니다
깻잎이 깨어 있어 깻잎입니다 잠들 수 없어 깻잎입니다
하우스 천장에 이십사 시간 불이 깨어 있습니다

떠도는 화분

기다림이 정지되고 발이 닫혔던 문안으로 들어설 때
필요충분조건의 가치를 상실한 物, 쓰레기로 던져진다

스스로 정하지 못한 자리가 자리를 만들었다
움직이는 자도 줄을 서 있고
움직이지 못하는 사물도 줄지어 전시되었다

미래진행형으로 뻗어가는 줄기, 매련쟁이처럼 내어주고
내년에 필 꽃을 미리미리 환하게 열어주고
순간마다 용서로 살아도 용서해야 할 일이 돌출적이다

걸어 다니는 자가 줄에 기대어 서 있는 장소
걸어 다니지 못하는 자 잇대어 진열되어 있는 공간

약속이 어겨지지만 않는다면
축제 기간만큼, 적당한 온도와 물이 주어질 것이다

금촌역

나를 기다리고 있었던 걸까
임종을 앞둔 박새의 눈길로

복선 전철화가 완공되면
새 역사驛舍에 내어주고 사라져야 할
융희 4년 1910년에 얻은 이름
새 마을 新村이 쇠 마을 金村이 된 곳

낮은 건물 모두 모두 사라진
고층 건물 사이
온기를 다 놓아버린 몸뚱이

너를 만나고
너를 떠나보낸 역
부칠 곳 없는 편지처럼 창백한 기와
발아를 멈춘 맨드라미 꽃씨

밖으로 불러내는 자 누구인가

도시의 매미는 밤에도 쉬지 않더군요, 줄에는 항상 자리가 부족합니다, 늘어진 케이블 줄에 하얀 참새가 포개어 앉고 있습니다, 흑백 사진첩 빈 공간처럼 다가옵니다

눈이 낙엽 속에서 잠든 애벌레의 솜이불이 되고 눈이 봄기운에 얼굴 내미는 새순의 감로수가 되고 눈이 잠에서 막 깨어난 아이의 동화가 되어지고, 하던 그런 일이 아니라는 것을 모릅니다, 모르는 눈이 내립니다, 여전히 천사의 날개처럼 날아옵니다, 모른 척 내립니다, 아파트에 저렇게 사람이 많은지 몰랐습니다, 습관이 된 발이 뒤꿈치를 들고 토끼처럼 폴짝거립니다, 누군가는 밤을 새워 침투하는 눈과 사투를 벌일 것이 확실해 보입니다

게임에 스마트폰에 빠져버린 아이와 어른을 불러냅니다, 불러내는 소리 없이 부릅니다, 눈은 소리를 낼 줄 모릅니다, 최대의 움직임이 최소의 무소음입니다, 눈사람을 만들고 눈싸움을 하게 합니다, 밤을 낮으로 알고 놀이를 하게 합니다

항문과 입을 구분하지 않는다

어미돼지가 강아지를 품었고 호랑이 새끼한테 젖을 물린다; 어미 닭이 오리 알을 부화시킨다; 달을 지구라고 해야 한다, 달이 지구의 위성이 아니다; 떨어져 나간 나의 세포다

사무실 옆 자투리공원 귀퉁이다, 불룩한 단지 하나가 모래를 품었다. 가끔 지나는 길고양이가 똥을 누고는 깊숙이 파묻는다, 고양이는 특별하게 영리한 녀석이 아니어도 잘 감춘다. 옹기에 담긴 모래가 꽁초를 숨겨준다, 뱉어진 가래를 먹는다, 재로 털리는 그의 과장을 가둔다, 부장의 알 수 없는 분노를 감금한다. 천 이백 도의 불길을 몸으로 구원한 흙, 항문과 입을 절대로 구분하지 않는다, 들숨 날숨이 자유롭다, 肺의 존재가 필요치 않다, 빌딩의 긴 그림자가 유기화합물 첨가 없이 분해되고 있다

자웅동체인 달팽이가 만났다, 雌(암컷 자 총 13획, 지다, 패배하다, 쇠약해지다, 약하다) 雄(수컷 웅 총 12획, 이기다, 승리하다, 뛰어나다, 우수하다), 불과 바람과 흙의 방언을 숙독한 단지 속으로 이동 중이다

하늘님똥, 하얀똥

하늘님한테 기저귀를 채워줄 義人 없습니까

어제는 선짓국을 먹고 검은 똥을 봤는데

하얀 똥을 만들려고 무, 우유, 쌀밥 이렇게 백색으로 위
를 채워도 뽀얀 똥은 볼 수가 없습니다

하늘님은 맛난 음식을 드시지 않고 숨만 쉬고 사십니까
물만 들이켜고 계십니까
아님, 이슬만 아니면, 수증기만 그것도 아니라면, 구
름만

제발이지 하늘님 前에, 기저귀를 전해줄 사람, 참으로
없는 겁니까

언덕 위에 보름달처럼 걸려있는 집
눈 속에 파묻혀 보이지가 않습니다

아침 일찍 손님이 온다고 했는데, 며칠 동안 쉬지 않고 쏟아집니다, 며칠째 눈과 死鬪를 벌이고 있습니다

　하늘님 똥자루가 지구보다 거대하고, 하늘님 뱃속이 우주 전체이고, 타들어 가지도 않는 똥끝을 가지신 하늘님이시고

　제설차가 오지 않는 곳
　구급차가 올라오다 나뒹구는 곳

　소리 없다/ 냄새 없다/ 천지가 하늘님의 똥, 보이지 않는 님, 無를 어여삐 여기시지요

　無
　無無無
　無無無無無無無

실패되다

서점보다책장보다책보다활자보다종이보다종이의입자
가된다

이렇게 작아지다,
내가나를죽이지않아도없어지겠다

나는 책을 들었고 책을 읽을 줄 알고 종이가 나무임을
안다 종이의 입자는 나무가 되어지고 초록 잎이 돋아나고
개개비가 날아오고 당신이 나무에 기대어 절판된 소설을
읽고 건물 밖에는 비가 내리고 천둥 번개도 없이

내가흐늘거리다녹아버리고
박테리아가좋아하는먹이가되고
내가나를포기하지않아도흙이되겠다

책을 보다 활자를 보다 사선으로 접힌 페이지가 발견
된다 비가 바람을 동반하지 않고 내리는 시간이다 사람
의 가슴과 가슴이 세균과 세균이 분열하기 좋은 최적의

습도이다

 전등불이 깜박거린다, 사원이 형광등을 갈아 끼우려고
에이형 알루미늄 사다리를 밟고 올라간다

 아주 조금 비켜선 채,
 눈이정지했다호흡이멈추었다 심장이 움직였다
 사라지려던 나, 성공으로부터 멀어진다

 책을읽는내가, 서있는 나를 발견한다

멀티플레이어

배웠습니다 책으로 읽었습니다 산에서 방향을 잃었을
때는 나뭇가지가 많은 쪽이 남쪽이고 가지가 별반 없는 쪽
이 북쪽이라고 기억했습니다

아파트 단지에서 나뭇잎이 실하게 달린 것을 보고 남향
이라고 따라가면 북쪽에 위치한 북 카페가 나타날 수도 있
고 동쪽에 있는 슈퍼 앞에서 동굴 지키는 미어캣처럼 목을
길게 빼고 두리번거려야 합니다

아파트 시공업자가 만든 콘크리트 벽이 남쪽의 반대인
북쪽이고 바람이 불어오는 길목입니다

벽에 압도당하지 않고 가지를 키우는 나무가 북으로 동
으로 정해진 포지션 없이 멀티플레이를 하고 있습니다

확률과 통계의 세계를 무참히 무너트리며 나뭇가지를
뻗고 꽃잎을 떨구는 아래 세 살배기 아이가 슈퍼에 초콜
릿을 사러 갑니다

한 번 간 길을 앞서서 잘 걸어갑니다 초콜릿을 먹으면서
멀티 플레이어 게임기를 만만하게 가지고 놉니다

어느 등대

태양이 강남 고층아파트에 기대어 있어요. 등대처럼 꺼지지 않을 빛처럼, 따라가면서 찍었어요 —다가가면안돼이카로스의태양이될거야, 최신 스마트폰이 유용한 시간입니다

, / 절대절대로안돼안돼생각만해도

(남녀노소 불문이란다) 불문이란 말이 이러하게 달콤할 줄 (몰랐어요 예전엔 미처) 지방출신서울출신지방출신서울출신(따지지도 묻지도 않는단다)안되는다가가서는바라보면절대로안되는쫓아쫓아가면서찍히고찍혔다강건너노란색별

세기의 미녀가 아니어도 꽃미남 대열에 오를 일이 맹세코 없어도 로열층에 입주하지 마라

——아니한답니다아니하겠답니다

아날로그 고독

아라비아 숫자를 버리기로 했습니다, 7이라고 읽는 글자를 씨방처럼 감싸고 있는 색깔에 대하여, (2호선 뚝섬역이 아니고 7호선 뚝섬유원지역에 내려야 합니다라고 강조에 강조를 하였건만 2호선 뚝섬역에 내려 목적지가 보이지 않는다고들 했습니다 칩 하나로 보이지 않는 생활까지 최적화하고 인간 중심의 유비쿼터스 환경을 만들겠다는 세상인데, 아날로그에서 디지털로도 업그레이드되지 못하고 칩을 몇 번이나 더 갈아 주어야 입력될지 모를 뇌에 롤러코스터처럼 어지러운 1, 2, 9호선, 분당선, 경의선, 인천지하철,…) 수화기 너머로 반복을 거듭하며 설명해 주어야 했습니다, 봄이 여름의 문지방을 넘어서려는 색깔은 이호선이니 따라가지 말고 여름을 치열하게 보내고 가을볕에 문을 활짝 열어주는 색이 칠호선, 그 색을 따라오라고 했습니다

빛바랜 사진처럼 이야기에 이야기를 덧씌우는 날이 늘어만 갑니다

인터넷이 궁금합니다

　까만 염소 머리에 박치기를 하면, 하얀 토끼가 뒷다리로 뛰어올라 (뒷걸음질로 도망칠까요, 검은 염소가 싸우지도 못하고)
　一연못에 빠질까요
　뒷걸음을 치다 뒷걸음을 치다가
　검정 염소 뿔에 받혀, 하양 토끼가 땅으로 떨어질까요, 피를 흘리고 흘리다 一연못에 풍덩 빠질까요
　(머리에 붕대를 감고 연못에서 수영을 할까요)

　뛰어오른 토끼는 잿빛 토끼가 숲에 있다는 사실을 알까요 동영상을 봤는데요, 백두급 덩치의 사내가 아기 인형만 한 여자아이한테 쫓겨 가고 있었어요

　검은 염소는 목줄이 말뚝에 감긴 채
　꼼짝 못 하고 있다는 一동영상을 봤을까요

　이미 오래전에 목줄이 끊어져 있었다는 사실 一몰랐을까요

목련

택시가 빠르게 사라졌다. 총알택시라고 할만하다. 거스름돈을 더 받은 손, 이미 어두워지는 밤을 핑계 삼고 눈에서 멀어지는 대상을 탓하고 있지만 ―눈을 쩔쩔매게 한다. 손, ―이 침묵을 어.떻.게. 견딜까, 흐린 하늘을 걸레질하던 목련이 떨어진다

목련이 피어 나를 죄인이게 한다.
바뀐 화폐가 고개를 숙이게 한다.

오만 원과 오천 원을 여성과 남성을 어머니와 아들을 적색과 황색을 구분하지 못했다. 16세기와 21세기의 時間과 空間을 허물어버리고, 화폐로 이어지는 血

꽃이 가로등 아래 더 환하고 밤이 깊어가고 택시가 제 갈 길을 그렇게 빠르게 찾아가고

불완전명사

창문이 있었지만, 문을 여는 사람이 없었고

하늘이 잘 만들어진 세트장처럼 푸른빛 속에 구름이 선명했다

돌벽을 짚지 않고서는 온전히 도달하지 못할 가파른 언덕

얼음처럼 차가운 돌이 내 손을 잡았다

어쩌면 돌에게도 심장이 있어, 나의 체온을 필요로 할지도 모르겠다고

생각할 즈음 장벽을 훌쩍 넘어 흔들리고 있는 나무를 발견했다

아침이 당도하기 전 물이 얼어버린 호수의 나무처럼 갇혀 있었다

볕이 들지 않는 곳에서 웃자란 탓인지 가늘고 여린 줄기가 흔들거리고

우듬지에는 찢긴 깃발처럼 균형 없는 새순이 자라고 있었다

집과 담벼락이 생기고 나무가 심어진 것인지

나무가 먼저 자리 잡고 골목과 길이 뚫린 것인지가 중

요하지 않다

　나무의 키가 난공불락인 중세의 성채처럼

　높고 길게 둘러쳐진 경계를 무의미하게 만든다는 것
이다

　두껍게 얼어버린 극지방의 해양이 아니라

　돌아섰던 밤을 반추하지도 논리적으로 재배열하지도
아니하며

　들불처럼 타오르는 물의 달뜬 호흡을 보고 있다는 것
이다

　바다, 바다에는 그날의 그림자뿐인지도 모른다

　실종된 네가 깊고도 먼 심해 어느 화산 바위틈에 끼어서

　마지막 지점에서까지 멈출 줄 모르고

　숨 가쁘게 들여 마셨던 기억들을 뿜어내고 있는지도 모
를 일이다

　자꾸만 헛디뎌지는 발을 물러서지 않는 담이 붙들었고

　불규칙한 바람이 골목을 따라 올라왔다

고양이처럼 걸어가게 한다

농작물에 쫓겼다
뿌리째 뽑혔다 퇴출당했다
선택받지 못했다

집단이주를 단행했다

닭의장풀/ 민들레/ 쇠비름/ 참새/ 박새,,, 가 비탈에 왕
국을 세웠다

　새가 허수아비한테 겁을 먹지 않는 곳이다 앉은 채, 제
초제로부터 몰살당하지 않아도 되는 풀이다

　홍수로 한강둔치에 영양이 풍부한 흙이 쌓이고 난 뒤
의 일이다

　아령 든 손을 위아래로 흔들면서 조깅하는 사람. 누워
서 앞을 보고 옆도 보면서 자전거 페달에 힘주는 사람.
1804년 2월 12일 쾨니히스베르크에서 숨을 거둔 칸트처

럼 언제나 같은 시간 같은 장소를 벗어나지 않는 사람. 매
일 먹어야만 하는 약을 먹고 새로 산 운동화를 신고 달리
기를 시작한 사람

　지나가게 한다, 湛然하게
　초침처럼 바튼 호흡, 시침처럼 느리게 하고
　달리기에 가속도가 붙는 발, 고양이처럼 걸어가게 한다

　아기가 꿈을 꾸는 요람 앞에서처럼

오래된 해석이 좋다

물방울에 산이 있고
내가 있다
대웅전이 있고
대웅전으로 해무를 몰고 오는 동해가 있다
물방울을 붙들고 있는 금강송 솔잎이 있고
금강송 솔잎을 붙들고 있는 물방울이 있다
비가 내리고 있었으므로
번민하지 않아도 자책하지 않아도
금강송이다
물방울이다
나는 낡은 해석이 좋다
쇠락 없이 지나는 시간이 단두대보다 날카롭다
비가 금강송에 내린다
비가 물방울에 내린다
금강송이 대지와 허공으로 달음질치고
물방울이 동해로 달음박질한다
극렬함도 치열함도 없이
오래된 해석이 좋다

해설

오래된 해석이 좋다

박찬일

1.

동고(同苦, Mitleid, compassion)는 말 그대로 같이 아파하는 것에 관해서이다. 18세기 계몽주의 작가 레싱 G. E. Lessing은 그의 시민비극論에서 '최고도로 함께 아파하는 자가 최고의 인간이다 Der mitleidigste Mensch ist der beste Mensch'라는 말을 남겼다. 예수가 '네 이웃을 사랑하라'고 했을 때 이것은 이웃에 대한 동고-긍휼을 말한 것이다. 산상수훈Sermon on the Mount의 이른바 팔복에서도 예수는 긍휼을 언급했다. "긍휼히 여기는 자는 복이 있나니 저희가 긍휼히 여김을 받을 것임이요"(「마태복음」, 5장 7절); 맹자는 사단四端의 맨 앞에 측은지심을 두었다. 측은지심은 이웃의 불행을 자신의 불행으로 느끼는 마음에 관해서이다.

연민sympathy은 동고의 연장선에 있다. 아리스토텔레스 비극론에 따르면 비극의 목표는 연민과 공포의 야기이고, 비극의 목적은 연민과 공포의 배설이다. 아리스토텔레스에 의하면 연민-공포 등의 격정은 일상생활을 영위하는 데 방해가 되는 감정으로서 정화-배설katharsis되어야 할 것들이다. 아리스토텔레스의 그의 『시학』에서 개진한 비극론의 의의 중의 하나가 연민을 (공포와 함께) 격정의 범주에 포함시킨 데에 있다. 연민이 '쉬운' 감정이 아니라, '고된' 감정이라고 한 데 있다. 고된 감정으로서의 연민을 인간윤리(혹은 인간학*)에 포함시킨 데에 있다. 아리스토텔레스 비극론에 의할 때 연민과 공포는 동전의 앞뒷면 관계에 있다. 가령, 비극 『오이디푸스王』에서 오이디푸스에게 일어난 일이 '자기 자신에게 일어나면 어떡하나'하는 감정이 공포에 관해서이다.** 공포는 (관객-청중에 의한 것으로서) 자기 자신에 대한 연민이다.

무엇보다도 동고와 연민을 구분해서 말하기보다 같은 곳을 가리키는 말로 보는 것이 낫다. 레싱의 말, "최고도로 함께 아파하는 자가 최고의 인간이다'를 '최고도의 연민을 느낄 줄 아는 자가 최고의 인간이다'로 바꾸어 말할 수 있다. 문제는 아리스토텔레스와 레싱의 차이이다. 아리스토텔레스는 동고-연민을 청산(?)의 대상으로 보았지

---

* 인간이란 무엇인가? 연민과 공포를 느끼는 자이다. 아리스토텔레스 인간학이다.

** 물론 연민은 '모르고 죄를 짓는 오이디푸스'에 대한 연민이다. 친부를 살해하고 친모와 결혼하는 오이디푸스에 대한 연민이다.

만, 레싱은 연민-동고를 장려의 대상으로 본 점이다. 레싱이 동고-연민을 장려해야 할 윤리 항목으로 본 것은 계몽주의 철학이 압도하던 시대의 그의 계몽주의 정신 때문이다. 동고의 능력, 연민의 능력은 계몽주의 정신의 자장권에 있다. 계몽주의 정신의 구체화가 긍휼의 능력으로서의 관용이었다. '계몽주의'에 의해 촉발된 프랑스혁명의 모토중의 하나가 형제애Brüderliebe였다.

창자가 밖으로 쏟아져 나와 있었다
파리 떼가 웽웽거리고
구더기가 썩어 가는 몸을 파먹고 있었다

그는 허리에 찬 수류탄을 꺼내 안전핀을 뽑았다
불발이었다
다시 하나를 더 뽑았지만 불발이었다

우리는 그를 도와주어야 한다고 생각했다
말이 통하지 않는 일본군한테 손짓으로
안전핀을 뽑고 6초 후면 터지니까
이것을 쓰면 어떻겠냐고 했더니
고개를 끄덕거렸다

그는 수류탄을 배 밑에 깔았고

우리는 더 깊은 밀림 속으로 들어가고 있었다

— 강운자, 「慈悲」 전문

극한의 고통 속에 있는 자("창자가 밖으로 쏟아져 나와 있었다/ 파리 떼가 웽웽거리고/ 구더기가 썩어 가는 몸을 파먹고 있었다")에게 최고의 선물은 '죽음'이다, 죽음을 선물로 받는 것이다("우리는 그를 도와주어야 한다고 생각했다/ 말이 통하지 않는 일본군한테 손짓으로/ 안전핀을 뽑고 6초 후면 터지니까/ 이것을 쓰면 어떻겠냐고 했더니/ 고개를 끄덕거렸다"). 강운자의 詩 「慈悲」가 주목되는 것은 인간이 인간에 주는 최고의 선물에 '죽여주는 것'[살인을 베푸는 것]을 포함시킨 점이다. 자비의 다른 말들이 긍휼-동고-연민 등이다. 긍휼-동고-연민에 죽여주는 것을 포함시킨 점이다. 살인 금지를 금지시킨 점이다. 바타이유에 따르면, '순수한 선물행위'는 예술행위, 에로티즘, 사치행위 등과 마찬가지로 절대적 소비로서, 생산행위와 무관하다.*** 긍휼-동고-연민 역시 절대적 소비행위로서 생산행위와 무관하다. 詩 「慈悲」에서 강조해야 할 것은 선

*** 예술행위-에로티즘-사치행위 등은 벽돌 한 장 찍어내는 (생산) 행위와 다르다.

물로서의 죽음이다. 동고-연민에 의한 것으로서 '선물로서의 죽음', 즉 죽음의 선물이다.

최대이윤의 법칙이 모토인 자본주의 시대에서 (절대적) 소비행위로서의 선물만을 말할 수 없게 된다. 첨예한 자본주의 시대에서 (유형적/무형적) 선물 모두 대가를 기대하는 경제행위(혹은 생산행위)의 일부가 되었다. 詩「慈悲」에서의 무형적 자비행위(동고행위-연민행위)는 그렇더라도 여전히 대가 없는 선물에 관해서이다. 대가 없는 선물은 (첨예한 자본주의 시대의) 대가를 기대하는 일반적 의미의 '선물'에 대한 위반이라는 점에서 비자본주의적이다. 적극적으로 말하면 반자본주의적이다. 대가 없는 선물로서 자비-긍휼-동고-연민은 반자본주의적 윤리 항목들이다. 강운자의 시편들 곳곳에서 확인할 수 있는 것이 자본주의적 실상에 대한 암시이고, 자본주의적 실상에 대한 대항윤리로서의 (비자본주의적인) 동고-연민에 대한 강조이다. 물론 '자본주의적 실상에 대한 암시' 및 '자본주의적 실상에 대한 대항윤리로서의 동고-연민에 대한 강조'는, 강운자에 의한 것으로서 자본주의적 논리에 허덕이는 동시대인들에 대한 동고-연민에서 비롯된 것이다. 동시대인들에 대한 동고-연민이 (비자본주의적인) 동고-연민을 내용으로 하는 시편들을 생산하게 했다.

동고-연민은 사람과 사람 사이에서만 작용하는 것은

아니다. 詩人의 촉은 전방위이다. 연민-동고의 觸은 사물에게 향하기도 한다. 식물 세계로 향하는 것이 이상하지 않다.

콘크리트 구조물 속으로 납치된 것이다
生物, 광합성이 필요한

다급한 해가 건물 외벽에 빗살을 반사시켜
뛰어든다, 남쪽 창으로
지구가 자전축을 기울이자 태양이
햇살을 되쏜다, 고층건물 유리창을 이용해

실내로 들어간 식물, 만날 수가 만날 수가 있을까

건축물에서 건축물로 미끄러지며 빛발을 쏘고
내부 깊숙이 침투를 모색하고 또 모색하여
연녹색 잎에 겨우 닿으려던 순간

自動으로 켜진다, 천장에서 식물재배전용 LED
— 강운자, 「트로이; 목마; 태양」 전문

「트로이; 목마; 태양」을 한 마디로 요약하면 '트로이 목마 속으로 들어간 식물은 괜찮은가?'이다. "콘크리트 구조물" 속으로 들어간 "식물"은 괜찮을까?이다. "햇살"에 의한 "광합성" 작용 없이도 식물은 괜찮은가?이다. 주목되는 것은 詩「트로이; 목마; 태양」에서 화자의 식물에 대한 동고-연민이 (의인화한) "해"를 통해 이루어지고 있는 점이다. 詩의 2.연과 3.연, 즉 "다급한 해가 건물 외벽에 빗살을 반사시켜/ 뛰어든다, 남쪽 창으로/ 지구가 자전축을 기울이자 태양이/ 햇살을 되쏜다, 고층건물 유리창을 이용해// 실내로 들어간 식물, 만날 수가 만날 수가 있을까"가 해가 콘크리트 구조물 속에 갇힌 식물을 광합성시키려고 애쓰는 진풍경에 관해서이다. 또 하나 「트로이; 목마; 태양」에서 주목되는 것은 태양을 대신하는 것으로서 "식물재배전용 LED"를 말한 점이다. 과학기술력을 통한 식물의 재배를 말한 점이다. 식물재배전용 LED? 식물재배전용 LED가 있다면 인간재배전용 LED가 있다. 詩人은 식물을 동고-연민하면서 동시에 인간(혹은 생명 일반)을 동고-연민한 것으로 보아야 한다. LED 속에서 사는 인간, 콘크리트 구조물 속에서 사는 인간(혹은 생명 일반)을 동고-연민한 것으로 보아야 한다.

일찍이 몬드리안은 이른바 '차가운 추상'을 통해 콘크리트 사각형 직육면체 건물의 전면적 도래를 알렸다. 인간의 생활공간이 콘크리트 사각형 구조가 된 것을 알렸다. 콘크

110

리트 사각형 건물은 자본주의적 생활양식의 모범적 예이다. 콘크리트 사각형 건물에서 효율주의, 합리주의, 최대이윤의 법칙의 극대화를 말할 수 있기 때문이다.

2.

그리스어 조에/비오스에서 비오스는 폴리스 내에서 정치적 보호를 받는 사람을 말하고, 조에는 폴리스 내에서 정치적 보호를 받지 못하는 사람을 말한다. 조에/비오스는 배제/포함과 유비이다. '조에/비오스'는 『호모 사케르 Homo Sacer』에서의 아감벤의 용어로는 '벌거벗은 생명/정치적 존재'와 유비이다.

근대 이후, 그리스의 폴리스 정치에서와 달리, 조에와 비오스 사이의 대립 관계는 한 개체 내부에 설정된 조에와 비오스 사이의 적대관계로 발전한다. 비오스는 자신이 언제든지 조에의 나락으로 떨어질 수 있다는 것을 알고 있다. 비오스는 '조에'를 두려워한다.

아탈리는 『호모 노마드(Homo Nomad, 유목하는 인간』에서 하이퍼 노마드와 인프라 노마드, 그리고 정착민을 구분했다. 하이퍼 노마드는 비유적으로 말하면 비즈니스클래스를 타고 세계를 누비는 자들이다. 인프라 노마드에는 최하위 계층으로서 노숙자, 이주 노동자, 망명인-난

민, 트럭 운전사들이 포함된다. 정착민은 도시 노동자, 농민, 상인[자영업자], 미성년자, 노인 등이다. 정착민들이라 하더라도 정착민들은 세계화가 초래한 것으로서 - 양극화의 불완전한 상황에서 - 언제든지 인프라 노마드로 전락할지 모른다는 불안감에서 살고 있다.

　　龜何龜何(거북아, 거북아) 首其現也(머리를 내어라) 燔灼
而喫也(구워서 먹으리)
　　헌 집 줄게/ 새 집 다오/ 두껍아/ 거북아

　　구워 먹히지 않을 것이다

　　오리고기 집이 폐업되었다 한우 생고기 전문점에서 싱싱한 생간과 부드러운 천엽을 서비스로 제공한다
　　전셋돈 뽑아 개업을 했다지요

　　새 집 다오/ 새 집을 다오/ 두껍아 황금 두껍아
　　　― 강운자, 「4월이다」 부분

　"거북"(1.연)과 "두껍"(4.연)이 주술의 대상이 되고 있다. 가북과 "황금 두껍"에게 "새 집"을 달라고 하고 있다. OECD 국가 중 1인당 부채가 가장 많은 나라가 대한민국

이다. 대한민국 사회는 부채자본주의의 부채사회의 맨 꼭대기에 있다. 부채의 상당부분을 차지하는 것이 가계대출에 의한 것이다. 강운자 시인의 "전셋돈 뽑아 개업을 했다지요"는 부채사회인 대한민국 사회를 정조준한 것이다. '전셋돈 뽑아 개업을 한 자영업자'가 가게를 폐업하고("오리고기 집이 폐업되었다") 거리에 나앉을 때 이에 대한 명명이 아감벤의 용어로서 벌거벗은 생명으로의 전락이고, 아탈리의 용어로는 인프라 노마드로의 전락이다. 전(全)인류의 자본주의적 욕망화("새 집 다오")가 진행되고 있고, 많은 수의 인류가 그 자본주의에 "구워 먹히"고 있다. 강운자의 「4월이다」는 이러한 자본주의적 생활양식 및 자본주의의 남획 형태에 대한 가차없는 고발이다. 부채사회의 한가운데 있는 부채인간에 대한 동고-연민이 시인으로 하여금 그에 대해 쓰지 않으면 견딜 수 없는 충동을 불러일으켰으리라.

3.

자본주의는 무한 증식한다. 자본주의는 자본주의 시장에 들어선 자들을 최면시킨다. '난 해야만 한다!'라고 마음먹게 하고, '난 할 수 있어!'라고 부르짖게 한다. 자본주의는 인간이 스스로를 무한 긍정하게 하는 힘을 갖고 있다.

무한 긍정이 황금을 낳기 때문이다. 황금이 이 시대의 '가장 안쪽을 붙들고 있는 것'이기 때문이다. 자본주의적 경제는 주지하다시피 통분通分경제, 즉 줄세우기 경제이다. 모든 것을 공통분모의 분자로 만들어 상호 서열화시킨다. 모든 것을 화폐가치로 환산해 서열화시킨다. '모든 것'에 인간이 포함된다.

> 깻잎을 재배하는 비닐하우스 천장, 24시간 불이 밝습니다
> […]
> 숲속의 공주가 깨어나 깻잎에 고기를 싸서 혼자 먹습니다
>
> 할머니가 엄마가 오빠가 해가 지지 않아 달을 잊어버렸어요
> 무한소수가 무한 반복을 합니다
> 깻잎이 깨어 있어 깻잎입니다 잠들 수 없어 깻잎입니다
> 하우스 천장에 이십사 시간 불이 깨어 있습니다
> — 강운자, 「비닐하우스 행성」①

> 도시의 매미는 밤에도 쉬지 않더군요, 줄에는 항상 자리가 부족합니다, 늘어진 케이블 줄에 하얀 참새가 포개어 앉고 있습니다, 폭풍 없이 눈이 옵니다, 흑백 사진첩 빈 공간처럼 다가옵니다, 지우면서 미래가 옵니다, 쌓이면서 과거

가 옵니다

눈이 낙엽 속에서 잠든 애벌레의 솜이불이 되고 눈이 봄
기운에 얼굴 내미는 새순의 감로수가 되고 눈이 잠에서 막
깨어난 아이의 동화가 되어지고, 하던 그런 일이 아니라는
것을 모릅니다, 모르는 눈이 내립니다, 여전히 천사의 날개
처럼 날아옵니다, 모른 척 내립니다

[…]

게임에 스마트폰에 빠져버린 어른과 아이를 불러냅니다,
불러내는 소리 없이 부릅니다, 눈은 소리를 낼 줄 모릅니다,
최대의 움직임이 최소의 무소음입니다 눈사람을 만들고 눈
싸움을 하게 합니다, 밤을 낮으로 알고 놀이를 하게 합니다
― 강운자, 「밖으로 불러내는 자 누구인가」②

기다림이 정지되고 발이 닿혔던 문안으로 들어설 때
필요충분조건의 가치를 상실한 物, 쓰레기로 던져진다

스스로 정하지 못한 자리가 자리를 만들었다
움직이는 자도 줄을 서 있고
움직이지 못하는 사물도 줄지어 전시되었다

미래진행형으로 뻗어가는 줄기, 매련쟁이처럼 내어주고

내년에 필 꽃을 미리미리 환하게 열어주고

순간마다 용서로 살아도 용서해야 할 일이 돌출적이다

걸어 다니는 자가 줄에 기대어 서있는 장소

걸어 다니지 못하는 자 잇대어 진열되어있는 공간

— 강운자, 「떠도는 화분」 부분(강조는 필자) ③

① 맨 끝 연 "할머니가 엄마가 오빠가 해가 지지 않아 달을 잊어버렸어요/ 무한소수가 무한 반복을 합니다/ 깻잎이 깨어 있어 깻잎입니다 잠들 수 없어 깻잎입니다/ 하우스 천장에 이십사 시간 불이 깨어 있습니다"를 액면 그대로 말할 때 이것은 '비닐하우스에서 이십사 시간 불에 깨어있어야 하는 깻잎'에 관한 것처럼 보인다. 이십사 시간 불에 깨어 있는 깻잎이 말하는 것은 그러나 그 이상이다. '깨어있는 깻잎'이 말하는 것은 그 이상이다; '할머니가 엄마가 오빠가 해가 지지 않아 달을 잊어버렸어요'라고 한 것은 24시간 자신을 재촉하는, 업적만능주의(혹은 실적만능주의)가 지배하는 첨예한 자본주의적 삶(혹은 노동)에 관해서이다. 간단히 24시간 자본주의적 삶에 복무하는 것에 관해서이다. '무한소수가 무한 반복을 합니다'라고 한 것이 압권이다. 자본주의는 화폐이윤을 내게 하는 자본주의적 삶을 무한히 반복하게 한다. 자본주의는 좌고

우면하게 하지 않는다. 오로지 자본주의 논리에 집중하게 만든다. 오로지 최대 이윤을 내는 방식으로 살 것을 요구한다. [좌고우면하는 자는, 이를테면 나는 누구인가?, 나는 왜 이 일을 하는가? 묻는 자는 '시대'(정신)에 한참 뒤떨어진 삶을 사는 자이다.] 강조하면, '깻잎이 깨어 있어 깻잎입니다 잠들 수 없어 깻잎입니다'라고 한 것이 주목된다. 불이 켜져 있기 때문에 어쩔 수 없이 깨어 있어야 하는 그 깻잎을 말한 것이라기보다는 ― '깨어 있어 깻잎'을 주목한 것으로서 ― 늘 깨어 있어야 하는, 즉 24시간 깨어 있을 것을 요구받는, 자본주의적 생활양식의 객관적 상관물로서 그 깻잎을 말한 것으로 보는 것이다 (앞의 깻잎은 식물 깻잎이고, 뒤의 깻잎은 인간 깻잎이다.). '깨어 있어 깻잎'의 깻잎은 요컨대 자본주의 정신의 화신에 관해서이다. '하우스 천장에 이십사 시간 불이 깨어있습니다'에서도 마찬가지 말을 할 수 있다. '깨어 있는' 불도 자본주의 정신의 화신에 관해서이다. '숲속의 공주가 깨어나 깻잎에 고기를 싸서 혼자 먹습니다'라고 한 것도 주목된다. 숲속의 공주가 깨어나 맨 처음 한 일이 깻잎에 고기를 싸서 혼자 먹는 일이라고 한 것이다. 강운자의 詩 「비닐하우스 행성」 전체를 고려할 때 깻잎을 먹는 것은 '24시간 깨어 있는 깻잎'을 먹는 것으로서, 자본주의 정신을 먹는 것이다. 혼자 먹는 것을 강조할 때 이것은 현대가 1인 기업의 시대, 1인 경영의 시대라는 것에 관해서이다. 지식 근로자에 의한 1인 경영의 시대를 처음 알린 것은 경영학의 구루로 알려진 피터 드러커였다. '현대'를 업적사회-성과사회라고 명명할 때 이것은 1인의 지식 근로자에 의한 업적사회, 1인의 지식 근로자에 의한 성과사회를 말한다. 1인의 지식 근로자가 '긍정성의 과잉'을 통해 자기 자신을 끊임없이 착취해서 도달하는 곳이 자기소진이다. 자기소진은 자아상실로서 벌써 우울증이다. 숲속의 공주는 우울증에 걸리게 될 숲속의 공주이다.

② 첫 문장 "도시의 매미는 밤에도 쉬지 않더군요" 또한 업적사회에 관해서이다. 밤에도 쉬지 않고 일할 것을 자기 자신에게 요구하는 자본주의적 정신에 관해서이다. 둘째 문장 "줄에는 항상 자리가 부족합니다"는 모두가 다그 자본주의적 업적에 목말라하고 있다는 것으로서, 이른바 업적사회-성과사회의 성과주체의 편재성이다. 셋째 문장 "늘어진 케이블 줄에 하얀 참새가 포개어 앉고 있습니다"라고 한 것이 압권이다. 성과사회-업적사회의 성과주체는 끝나게 되어 있다. 긍정성의 과잉은 자기소진-자아상실로 끝나게 되어 있다. 하얀 참새가 지시하는 것이, '머리가 하얗게 센 참새'가 지시하는 것이, 긍정성의 과잉에 의한 현대 자본주의사회의 첨병들에 관해서이다. 참새들

은 긍정성의 과잉에 의해 머리가 하얗게 센 참새들이다. [머리가 하얗게 센 참새들은 현대 자본주의사회 첨병들의 자기소진-자아상실에 관해서이다.] "폭풍 없이 눈이 옵니다"고 한 것은 예고 없는 파국에 관해서이다. 둘째 연 전반부에서 화자는 "눈이 낙엽 속에서 잠든 애벌레의 솜이불이 되고 눈이 봄기운에 얼굴 내미는 새순의 감로수가 되고 눈이 잠에서 막 깨어난 아이의 동화가 되어지고, 하던 그런 일이 아니라는 것을 모릅니다"라고 했다. (소리없이, 폭풍 없이 오는) 눈을 '애벌레의 솜이불'이 아니라고 하고, '새순의 감로수'가 아니라고 하고, "아이의 동화"가 아니라고 했을 때 이것이 파국으로서의 눈에 관해서이다. 파국으로서의 눈을 넘어 '예고 없는 파국'인 것은 이어서 "모르는 눈이 내립니다, 여전히 천사의 날개처럼 날아옵니다, 모른 척 내립니다"라고 했기 때문이다. '모르는 눈', '모른 척 내리는 눈'이 예고 없는 파국으로서의 눈이다. '천사의 날개처럼 날아옵니다'라고 한 것은 '예고 없는 파국으로서의 눈'의 절정이다. '천사의 날개처럼 날아옵니다'가 함축하는 것은 (눈이 날아오는 것이) 천사의 날개인 줄 알았으나 천사의 날개가 아니었다고 한 것이다. [천사의 날개는 무방비 상태(혹은 무장해제)를 요구한다.] 무방비 상태에서 갑자기 파국을 맞았다고 한 것이다. 강조하면, 긍정성의 과잉은 자본주의적 정신의 화신들에 의한 것으로서, 그들의 긍정성의 과잉에는 중단이 없다. 중단 없이 자기를 닦달하는 업적사회-성과사회의 성과주체에게 종말은 자기소진-자아상실로 나타난다. 갑자기 들이닥친 자기소진-자아상실로 나타난다.

"지우면서 미래가 옵니다, 쌓이면서 과거가 옵니다"라고 한 것은 액면 그대로 '없는 미래'에 관해서이고, '쌓인 과거'에 관해서이다. 쌓인 것은 자기 긍정에 의한 업적물이기도 하겠지만 무엇보다도 스트레스이다. 쌓인 스트레스가 지시하는 것은 긍정성의 과잉에 의한 것으로서, 자기소진, 자아상실이다.

「밖으로 불러내는 자 누구인가」는 단일한 목소리의 詩가 아니라, 즉 'either-or 시학'이 반영된 것이 아니라, 다양한 목소리의 시, 즉 'both-and 시학'이 반영된 시이다. 끝 연 "게임에 스마트폰에 빠져버린 어른과 아이를 불러냅니다, 불러내는 소리 없이 부릅니다, 눈은 소리를 낼 줄 모릅니다, 최대의 움직임이 최소의 무소음입니다 눈사람을 만들고 눈싸움을 하게 합니다, 밤을 낮으로 알고 놀이를 하게 합니다"가 주목된다. 강운자는 '게임'과 '스마트폰'으로 표상되는 현대인을 불러낸다. '게임과 스마트폰'으로 표상된 인터넷 공간은 이른바 가상현실로서, 혹은 가상현실이 현실화되는 증강현실로서 사람들의 생활양식 전반을 완전히 바꾸어놓았다. 인터넷은 이메일 및 정보 검색으로 표상되는, 소리 없는 인터넷으로 시작했지만('눈은 소리를 낼 줄 모릅니다, 최대의 움직임이 최소의 무소음입니다'), 유튜브-전자게임-메신저 등등에 의한 것으로서 소리 많은[시끄러운] 인터넷으로 발전했다('눈사람을 만들고 눈싸움을 하게 합니다, 밤을 낮으로 알고 놀이를 하게 합니다'). 인터넷은 정치-오락-취미-사생활 전반을 바꾸어버렸다. 마이크로소프트사를 중심으로 본격적으로 개시된 인터넷, 그러나 GAFA(구글-애플-페이스북-아마존)에 의한 것으로서 해서 그 끝을 알 수 없게 된 인터넷. 소수의 몇몇 과학기술자, 엔지니어들에 의해 촉발되었으나 인류 어느 누구도 그에 대해 동의한 적 없는 괴물이 세상을 압도하고 있다.

③ 강조된 부분들, "움직이는 자도 줄을 서 있고/ 움직이지 못하는 사물도 줄지어 전시되었다", 그리고 "걸어 다니는 자가 줄에 기대어 서 있는 장소/ 걸어 다니지 못하는 자 잇대어 진열되어있는 공간"은 인간과 사물의 공동운명을 지시한다. 인간은 물화Verdinglichung되었다.

한편 이 구절들은 자본주의적 상품사회를 직접적으로 표상하고 있는 것으로 보인다. 일찍이 벤야민은 그의 『파사젠베르크』에서 아케이드에 진열된, 백화점에 진열된 상품들의 운명, 사용가치가 아닌 교환가치로 결정되는 상품들의 운명에 관해 말한 바 있다. 거기에 예속된 인간들의 운명, 사용가치가 아닌 교환가치에 목을 맨 인간들의 운명에 관해 말했다. 「떠도는 화분」에서 특히 주목되는 것은 "걸어 다니는 자가 줄에 기대어 서 있는 장소"라고 한 부분. 장소는 자본주의적 장소, '자본주의적 경쟁주의'가 반영된 장소이다. 어느 누구도 자본주의적 "줄"세우기에서 벗어날 수 없다고 하였다. 자본주의는 앞서 말했듯 통분경제를 특성으로 한다. 통분경제는 현대판 '동일성 사유'의 모범적 예이다. 인간 또한 화폐로 환산되어 서열화된다; '걸어 다니는 자가 줄에 기대어 서 있는 장소'를 모두 자본주의라는 한 배에 타고 있다고 한 것으로 볼 수 있다. 공동운명에 처해 있다고 한 것으로 볼 수 있다. '모두가 자본주의라는 줄 하나를 붙잡고 있다. 자본주의라는 줄 하나에 목숨을 걸고 있다.'

4.

강운자가 시집 「오래된 해석이 좋다」에서 주로 목표하는 것이 자본주의 자체의 전경화이고, 자본주의적 생활양식의 전경화이다. 인류는 첨예한 '자본주의'에 의해 동고-연민의 능력을 잃어버렸고, 자본주의적 생활양식에 의한 것으로서 자기소진 및 우울증에 도달했다. 과학기술이 초

122

래한 것으로서 인류의 미래에 대한 암담한 전망을 보여주는 것도 이 시집의 목표이다. 목표와 목적이 다르다. 목적은, 강운자 시인이 「오래된 해석이 좋다」에서 목적하는 것은, 목표에 이미 포함되어 있는 것이지만, 자본주의적 생활양식에서 벗어나 이웃에 대한 관심을 회복하는 일이다. 자기중심적 당위의 생활양식에서 벗어나서, 이웃중심적 느림의 생활양식에 도달하는 일이다. 느림의 삶에 자기소진이 없고 우울증이 없다. 느림의 삶이 자신만의 삶에서 빠져나와 이웃을 보게 하고, 이웃에 동고하게 하고 이웃에 연민하게 한다. 이웃에 공감하게 하고 이웃에 감정이입하게 한다. 동고-연민-공감에 우울증이 없다. 감정이입에 우울증이 없다. 동고-연민-공감, 감정이입들이 인생을 살만하고 견딜 만하게 해준다. 이점에서 주목되는 한 편의 詩가 「고양이처럼 걸어가게 한다」이다. ① 이웃에 대한 관심을 재촉한다 ② 느림의 생활을 재촉한다.

농작물에 쫓겼다
뿌리째 뽑혔다 퇴출당했다
선택받지 못했다

집단이주를 단행했다

닭의장풀/ 민들레/ 쇠비름/ 참새/ 박새,,, 가 비탈에 왕
국을 세웠다

새가 허수아비한테 겁을 먹지 않는 곳이다 앉은 채, 제초
제로부터 몰살당하지 않아도 되는 풀이다

홍수로 한강둔치에 영양이 풍부한 흙이 쌓이고 난 뒤의
일이다

아령 든 손을 위아래로 흔들면서 조깅하는 사람. 누워서
앞을 보고 옆도 보면서 자전거 페달에 힘주는 사람. 1804
년 2월 12일 쾨니히스베르크에서 숨을 거둔 칸트처럼 언
제나 같은 시간 같은 장소를 벗어나지 않는 사람. 매일 먹
어야만 하는 약을 먹고 새로 산 운동화를 신고 달리기를 시
작한 사람

　지나가게 한다, **湛然**하게
　초침처럼 바튼 호흡, 시침처럼 느리게 하고
　달리기에 가속도가 붙는 발, 고양이처럼 걸어가게 한다

　아기가 꿈을 꾸는 요람 앞에서처럼
　— 강운자, 「고양이처럼 걸어가게 한다」 전문

124

시인에 의한 것으로서, '이웃'에 대한 관심이 잘 드러난 부분이 詩의 전반부이다. 관심은 "쫓"기고, "퇴출당"하고, "선택받지 못"한 "닭의장풀/ 민들레/ 쇠비름/ 참새/ 박새"들에 대한 관심이다. 작은 것에 대한 관심은 동고-연민의 능력과 관계있다. ② 詩의 중심부에 위치한 6.연 "아령 든 손을 위아래로 흔들면서 조깅하는 사람. 누워서 앞을 보고 옆도 보면서 자전거 페달에 힘주는 사람. 1804년 2월 12일 쾨니히스베르크에서 숨을 거둔 칸트처럼 언제나 같은 시간 같은 장소를 벗어나지 않는 사람. 매일 먹어야만 하는 약을 먹고 새로 산 운동화를 신고 달리기를 시작한 사람"은 자본주의적 생활양식의 구체화Konkretisation 이다. 이웃에 대한 관심보다는 ― "앞을 보고 옆도 보면서"는 이웃에 대한 관심이 아니라, 자기분열적 초조·염려·걱정·근심의 반영이다 ― 자기중심적 삶에 집중하는 현대인의 삶에 대한 요약이다. 시인은 '조깅'-'달리기'로 표상되는 빠름의 삶을 중지하고, '칸트의 시간관념'으로 표상되는 효율만능주의적 삶을 중지하고, '고양이 걸음'으로 표상되는 느림의 삶을 살 것을 요구한다. 강조하면, 느림의 삶이 자기 자신만의 유아론적 삶에서 빠져나와 주위를 돌아보게 한다. 이웃을 보게 하고 세계를 보게 한다. 세계시민이 되게 한다. 세계시민에 자기소진이 없고 우울증이 없다. 동고-연민-공감의 삶에, 감정이입의 삶에 자기소진이 없고 우울증이 없다.

詩 「고양이처럼 걸어가게 한다」에서 중층적 구조를 말할 수 있는 것은 고양이처럼 느리게 걸으며 살도록 요구하는 것이 화자 자신에 의해 직접적으로 수행되지 않고, 시인에 의해 작고 사소한 것들로 포착된, 시인에 의해 작고 사소한 것들이지만 관심을 가져야 할 것으로 요구된 "닭의장풀/ 민들레/ 쇠비름/ 참새/ 박새"들에 의해 수행된 점이다. "한강둔치"의 작고 사소한, 그동안 외면받아왔던 것들에 의해 수행된 점이다. ▰

예술가시선 23

오래된 해석이 좋다

초판 1쇄 발행   2020년 5월 1일

지은이   강운자

펴낸이   한영예
편집   박광진
디자인   이길한
펴낸곳   예술가
출판등록   제2014-000085호
주소   서울 송파구 문정로13길 15-17 302호
전화   010-3268-3327
전자우편   kuenstler1@naver.com
인쇄   아람문화

ISBN   979-11-87081-17-3 03810